AF186841

Christian Bedor
Diastimmen
Roman

Bibliografische Information der Deutschen Nationalbibliothek:
Die Deutsche Nationalbibliothek verzeichnet diese Publikation in der Deutschen Nationalbibliografie; detaillierte bibliografische Daten sind im Internet über http://dnb.dnb.de abrufbar.
© 2020 Christian Bedor
Grafik: GlebSStock/ Shutterstock.com
Buchblock: Christian Bedor
Buchtitel- und Buchblocktextrechte liegen beim Autor
Herstellung und Verlag: BoD Books on Demand, Norderstedt
ISBN: 978-3-748-14652-0

1921:	Geburt des Vaters in Essen
1941:	Vater wird Lehrer und Leutnant
1944:	Vater in Kriegsgefangenschaft, USA
1946:	Vater aus Kriegsgefangenschaft zurück
1947:	Vater als Lehrer tätig, Hochzeit
1948:	Geburt Veronika, Tod der Mutter
1949:	Lehrs Vater heiratet ein zweites Mal
1950:	Geburt Clemens
1951:	Familie Lehr wohnt in Niedersfeld
1953:	Geburt Marlene
1957:	Geburt Thomas Lehr
1968:	Lehr besucht mit Mutter Onkel, Pfarrer in der DDR
1969:	Familie Lehr wohnt in Witten/Ruhr
1982:	Lehr wohnt in Frankfurt/Main
1990:	Tod des Vaters
1994:	Lehr macht Tagestour nach Niedersfeld
1995:	Lehr hält sich eine Woche in Niedersfeld auf
2009:	Lehr ist eine Woche in Breslau/Polen
2009:	Lehr spricht in Niedersfeld mit Diakon Linder
2010:	Eintrag ins Tagebuch, Frankfurt/Main
2011:	Lehr reist nach Niedersfeld

Montag, 8. August 2009. Gestern war der 19. Todestag seines Vaters. Thomas Lehr erinnerte sich jetzt, im Alter von 52 Jahren, stärker an dieses Ereignis als in den Jahren zuvor. Es mochte daran liegen, dass er seit Juli wieder intensiver Tagebuch schrieb. Ihm vertraute er an, dass er endlich mit der Manuskriptarbeit fortfahren wolle, in seiner Frankfurter Wohnung. Sein neues Buchprojekt, es lag seit Monaten unangetastet herum. Ständig kamen häusliche Aktivitäten dazwischen. So hatten Lehr und seine Frau vor einigen Tagen eine Leuchtstoffröhre für die Küche gekauft, die er unter dem Hängeschrank montieren sollte. Das war seine Idee gewesen. Es hätte nicht sein müssen. Das vorhandene Licht reichte völlig aus, um die anfallenden Tätigkeiten in der Küche zu verrichten.

Er war nicht einmal am Grab gewesen seit der Beerdigung im August 1990. Damals hatte er seinen Vater angefasst. In der Totenhalle in Witten. Bevor der Deckel aufgesetzt wurde. Nur seine Mutter hatte ihn zum Sarg begleitet. Sie stand schräg hinter ihm. Am Unterarm hatte er ihn berührt, am Leichenhemd. Mit leichtem Druck. Weich und kalt hatte sich das angefühlt. Es war die erste Leiche, die er in natura sah. Die er anfasste. Im Alter von 33 Jahren. Die Nachkriegsgeneration hatte kaum Leichen gesehen. Die Kriegsgeneration viele. An der Front, in der Heimat. Nach Fliegerangriffen.

Lehrs Schwestern wollten ihren Vater nicht sehen und nicht berühren. Auch Clemens, sein älterer Bruder, hatte sich dazu nicht fähig gefühlt. Das hatte viele Gründe. Zum Beispiel diesen: Als Lehrs Vater und sein bereits erwachsener Bruder wieder einmal Streit hatten, sagte Clemens in scharfem Ton: »... mich hättest du besser an die Wand gespritzt!« Clemens kam angetrunken zur Trauergemeinde, und während des Leichenschmauses soff er weiter. Clemens

7

packte es sonst nicht. Nach circa einer Stunde bestellte er ein Taxi und verließ die Gesellschaft, ohne sich zu verabschieden.

Immer wieder dachte Lehr an den Tod. Kam er nicht zum Schreiben, weil er in dieser Hinsicht blockiert war? Blockiert vom Tod und den Ereignissen drumherum? Das Leben war endlich. Und es war kein Halligalli.

»Wann schreiben Sie denn die Fortsetzung des ›Beichtgangs‹?«, hatte eine Leserin vor Jahren gefragt. Darauf hatte Lehr keine Antwort. Die Frage kam unerwartet, wenn sie ihm auch schmeichelte. Lehr hätte gleichzeitig lachen und weinen können. Vor freudiger Trauer, vor trauriger Freude. Jedenfalls hatte er keine Antwort. Höchstens ein Gefühl, dass er noch lange brauchen würde.

»Sie sollten wieder was Autobiografisches schreiben!«, hörte Lehr an anderer Stelle. Jaja, daran hatte er auch schon gedacht. Immer wieder mal. Und innerhalb von 52 Jahren hatte sich auch einiges angesammelt, was raus musste.

Die Meldungen zur aktuellen Konjunktur verdüsterten seine Stimmung. Im Radio hörte Lehr Interviews mit Passanten: »Sind Sie auch pessimistisch, aufgrund der wirtschaftlichen Entwicklung? Oder glauben Sie, dass es wieder aufwärts geht?« »Wir müssen sämtliche Kraftanstrengungen unternehmen, wieder aus dem Tal herauszukommen!«, skandierten Politiker in den Medien. Das war immer so bei Menschen: Nach einer Talsohle kam der Berg. Das hieß dann: Aufstieg. Der Aufstieg war mit Strapazen verbunden. So war das im Leben, so war es schon immer. Wer etwas verändern wollte, musste aufsteigen. Aber für denjenigen, der sich dann auf der Bergspitze befand, ging es nur noch abwärts. Rundherum.

»Ich will während meines Urlaubs nicht zu Hause bleiben!«, hatte Lehrs Frau erst neulich gesagt. »Ich will draußen was erleben!«

Er erlebte drinnen etwas. In sich selbst. Da ging regelrecht die Post ab. Thomas Lehr brauchte das Draußen nicht. Er war gedanklich permanent unterwegs. Hauptsächlich in seiner Vergangenheit. Und in der Vergangenheit derjenigen Menschen, die damals um ihn waren. Man lebte ja nicht nur in seiner eigenen Vergangenheit. Andere Vergangenheiten wurden mitgelebt. So griff Lehr mit dem Schreiben in die Vergangenheit anderer ein. Ob sie es wollten oder nicht.

Aber was beschäftigte ihn so stark? Wand er sich gerade um die entscheidenden Dinge herum? Wie war das damals? Der Diakon Linder hatte sich vor zwei Wochen am Telefon geziert, ihm zu sagen, wo die Grewen genau gewohnt hat. Sie habe nicht lange in Niedersfeld gelebt, sagte Linder, sie sei bald weggezogen. Nach Brilon. Und sie war dann zur Schule gependelt? Das schien ungewöhnlich zu sein. Täglich 22 Kilometer hin, 22 Kilometer zurück. Über hügeliges Land. Fahrzeit mit PKW oder Bus circa 40 Minuten. Und das in den 50er, 60er-Jahren des 20. Jahrhunderts. Bei schlechteren Straßenverhältnissen, als sie jetzt – im 21. Jahrhundert – vorzufinden waren. Während andere Dorfschullehrer im Ort wohnten, pendelte sie mit dem Bus? Sie hatte wohl kein Auto. Jedenfalls konnte Lehr sich nicht daran erinnern. Ihm wäre das aufgefallen. Schüler bemerkten es, wenn Lehrer ein Auto besaßen. Man sprach auch darüber. Der Kauf und Unterhalt eines Autos war teuer. Hinzu kam, dass Fräulein Grewen diesen Silberblick hatte. Ihre Augen standen nicht symmetrisch. Er vermutete, dass sie deshalb nicht den Führerschein machen konnte.

»Das geht Sie nichts an!«, hatte vor Jahren ein Psychotherapeut zu Lehr gesagt, »was Ihre Eltern hatten oder haben …« Thomas fühlte nicht, dass ihn das nichts anginge.

Bis zum heutigen Tag wusste Lehr nicht, welches Gehalt sein Vater bekommen hatte. Elterliches Argument in Kindertagen: »Wir wollen keine Gehaltsdiskussion im Sandkasten mit anderen Kindern!« Aber als Volljähriger spielte er nicht mehr im Sandkasten und konnte differenzieren. Durch Recherchen hatte Lehr herausgefunden, dass ein Volksschullehrer im fünften Dienstjahr 1950 pro Monat 226,66 Deutsche Mark erhielt. Und für das Jahr 1971 standen im Internet die Werte 1.217,00 Deutsche Mark bis 1.968,00 Deutsche Mark.

Wie lange noch sollte ihn Vergangenes nichts angehen? Damals hieß es immer: »Du bist noch zu klein! Deshalb verstehst du das nicht!« Seinerzeit war Lehr etwa fünf oder sieben. Oder 20. Heute war er über 50. Generation 50 plus. Prima leben und sparen! Sparen an den Ereignissen in der Vergangenheit. Wenn sein Vater eine Frau vergewaltigt hätte, würde ihn das dann nichts angehen? Sein Vater hatte nicht vergewaltigt, sein Vater war nur mit einem langen Brotmesser auf seine Mutter losgegangen. Damals. In der Dienstwohnung. Mit besoffenem Kopf. Da war Thomas vielleicht fünf oder sieben. Und zu klein, um das zu begreifen. Er hätte nicht verstanden, dass ein langes Brotmesser mit schwarzem Holzheft seine Mutter hätte töten können. Übrigens ein Erbstück der Großeltern. Wenn man oft genug zustäche, könnte man mit einer 20-cm-Klinge eine Ehefrau und Mutter töten. Können Sie das verstehen? Oder sind Sie noch zu klein dafür, Leserinnen und Leser dieser Geschichte?

Hätte Thomas Lehr damals, im Alter von fünf bis sieben, bereits eine Digicam gehabt! Eine Digicam mit

Videofunktion, mit Video- und Audiofunktion, in den 60ern, hätte er damit das Getötetwerden seiner Mutter filmen können. Das Getötetwerden. Als Dokument. In bewegtem Bild und Ton. Für die Nachwelt. Ein katholischer Hauptschullehrer tötet im Wohnzimmer seiner Dienstwohnung seine katholische Ehefrau. Nebenan, in nach Geschlecht getrennten Kinderzimmern, warteten seine vier Kinder auf den Ausgang des Geschehens.

Sechs Köpfe. Ein Lehrergehalt. Die Waschmaschine auf Pump. Der erste Waschvollautomat durch Privatkredit. Eine Constructa. Bestimmt um die 1.000 Deutsche Mark teuer. Die monatlichen Zahlungen erfolgten stotternd. Links und rechts Drehknöpfe. Um das Programm zu wählen. Und die Temperatur. Unter der Constructa ein Holzsockel, der das Schütteln beim Schleudern zusätzlich abfedern sollte. Sie war daran angeschraubt, der Sockel am Boden fixiert. Sonst wäre sie durchs Badezimmer getanzt. Und dann wären Zulauf- und Ablaufschlauch abgerissen. Das Elektrokabel ebenso.

Der Lloyd auch auf Pump. Gekauft 1954, weil die Familie nun größer war und das Maico-Motorrad nicht mehr ausreichte. »Haben wir abgestottert«, sagten Lehrs Eltern. Ein Lloyd, 400 cm^3. Luftgekühlt. Zweitakter. 13 PS, Frontmotor, Frontantrieb. Krückstockschaltung. Sechs Volt Bordnetz. Dunkelblau. Zweitürer. Ganzstahlkarosserie. Mit Schloss und Türgriff Nähe A-Säule. Die Türen gingen, wie man sagt, nach vorne auf. Die Türscharniere waren an der B-Säule. Ohne Radio. 3.780 Deutsche Mark. Getriebe nicht synchronisiert. Fahren mit Zwischengas. Lehrs Vater hatte den Wagen persönlich in Bremerhaven von der Lloyd-Fabrik abgeholt. Der bucklige Kofferraum am Heck war nur vom Innenraum aus zugänglich. Keine Sicherheitsgurte, keine Kopfstützen.

Jahre später gab's dann vor Frankfurt am Main einen Kolbenfresser. An einem Sonntag. Auf der Autobahn. Eine

Brotfabrik in Sichtweite. Aus dem Stadtbesuch wurde nichts. Sepp Grob war Pächter der Gasolin-Tankstelle, Opel-Vertragshändler und besaß eine angeschlossene Kfz-Reparaturwerkstatt. Er schleppte sie ab, nachdem Lehrs Vater und Bruder durch die Felder zur Brotfabrik gewandert waren, in der Hoffnung, ein Telefon zu finden. Mit seinem grauen Opel Rekord Caravan. Der konnte den Lloyd ziehen. Zurück bis ins Dorf. In der Nacht. Die Familie im Caravan, der Vater allein hinten im Lloyd. Schämten sich Lehrs Eltern, als ihr Auto, an einem Seil gezogen, ins Dorf zurückkam?

Da der Lloyd bereits häufiger Mängel gezeigt hatte (Lehr glaubte, sich daran erinnern zu können, dass das bereits ein Austauschmotor war, der nun wieder einen Kolbenfresser hatte), gaben ihn seine Eltern in Zahlung und bestellten 1965 einen Opel Kadett A. Gelb, Zweitürer. Auf Pump. Neupreis 5.075 Deutsche Mark. Viertakter, Wasserkühlung. 40 PS. Frontmotor, Heckantrieb. 1.000 cm³ Hubraum. Knüppelschaltung am Getriebetunnel. Ohne Kopfstützen. Ohne Radio. Der Kofferraum war von außen zugänglich. Zum Aufschließen brauchte man den Zündschlüssel – zum Verschließen warf man den Kofferraumdeckel ins Schnappschloss. Sechs Volt Bordnetz. Ohne Sicherheitsgurte. Aber Halteschlaufen für Fond-Insassen an den B-Säulen. Konrad Adenauer, CDU, war Bundeskanzler.

Dienstag, 9. August 2009. Lehr erinnerte sich zurück an seinen Tagestrip nach Niedersfeld im Juli 1994 sowie an den einwöchigen Aufenthalt in einer Ferienwohnung in eben diesem Ort im Juni 1995. An die Wanderung mit dem 59jährigen Diakon, Herrn Linder, oberhalb des Dorfes auf einem Rundweg und an das Gespräch, das sie dabei geführt hatten – im Jahr 2009.

Lehr hatte sich ein Jahr zuvor für ein Wochenende in eine Ferienwohnung einquartiert und an zwei Tagen Herrn

Linder getroffen. Linder kannte Lehrs Eltern. Das war Lehr sehr wichtig. Eine Person zu treffen, die seine Eltern kannte. Linder war sogar bei Lehrs Vater in die Schulklasse gegangen. Der Diakon kannte viele – wenn nicht sogar alle – Menschen im Dorf. Während der Begegnungen hatte Linder wortwörtlich gesagt: »Ich kenne jedes Haus hier im Dorf von innen«. Niedersfeld hatte 1.500 Einwohner.

Wie gut hatte Thomas zugehört? Und was hatte Thomas ihm erzählt? Wie war das damals – in den 60er-Jahren des vorigen Jahrhunderts, mit Familie Lehr in dem Dorf? Wie hatte sie auf andere gewirkt? Wie war die Fremdwahrnehmung? Selbstbild, Fremdbild. Lehr dachte, dass das Selbsterzählen wichtiger sei als das, was ihm von Herrn Linder berichtet wurde. Nein, Lehr dachte nicht, er fühlte es. Nach dem zweiten Gespräch hatte er den Eindruck, dass er – Thomas Lehr – Herrn Linder einen Roman erzählt habe. Einen Roman.

Das muss wie eine Folter für Lehrs Großvater väterlicherseits gewesen sein. Er wurde im Ersten Weltkrieg verwundet. Das Projektil war angeblich zu nah am Herzen. Deshalb riskierten die Ärzte keine Operation. In den Folgejahren wanderte das Metall ins Herz und führte zum Tod.

Grauenhaft, so was.

Dann der Tod von Lehrs Onkels. Damals, 1942, im Alter von 21 Jahren. Nach der Impfung durch die Wehrmacht. Telegramm an Lehrs Vater, der in Berlin stationiert war: »Bruder im Sterben; kommen Dortmund«.

Seinen Onkel Clemens lernte Lehr nie kennen. Das ging rein biologisch nicht. Dann der Tod der ersten Ehefrau des Vaters. Angeblich durch die Infektion mit dem OP-Besteck. Kaiserschnittgeburt. Veronika, seine Stiefschwester, war auf der Welt. Ihre Mutter starb in Medebach im Wochenbett.

Frauen riskieren mit jeder Geburt ihr eigenes Leben. Mutig, diese Frauen.

Sein Vater kam unterernährt am 12. März 1946 aus der US-Gefangenschaft am Mississippi. Die Amis hatten den Gefangenen nicht mehr genug zu essen gegeben, als der Zweite Weltkrieg im August 1945 vorüber war. Sie mussten in den USA Rüben hacken. Und in Maisfeldern arbeiten.

Solange der Krieg andauerte, bekamen die Gefangenen genügend zu essen und zu trinken. Nach der Kapitulation reduzierten die US-Amerikaner die Portionen. Stark geschwitzt hatten die Deutschen dort. Am Mississippi.

Angeblich hatte sein Vater was mit einer Französin. Während der Soldaten-Zeit 1944 in Marseille. Mit ihr geschlafen, meinte Lehr. Nicht nur Händchenhalten.

Vielleicht eine Prostituierte?

Lehrs Vater war in dem Fall nicht konkret: Er benutzte das Wort Prostituierte nicht. Es klang so, als ob das eine platonische Bekanntschaft gewesen sei. Für einen Kinobesuch, zum Beispiel. Komisch, dass sich solch intime Infos innerhalb einer katholischen Familie bis zu den Kindern verbreiten. Obwohl Kinder doch noch »zu klein« für so was sind?! Lehr wurde das seltsamerweise von der Mutter zugetragen. Genauso wie seine Mutter ihm als Jugendlicher sagte, er solle sich »… unter der Vorhaut waschen.« Lehr dachte spontan: ›Wieso erklärt mir das meine Mutter – und nicht der Vater?‹ Und: ›Woher weiß sie das? Sie hat keinen Penis. Ergo keine ringförmige Vorhaut. Oder doch?‹

Wahrscheinlich traute sich sein Vater nicht, offen darüber zu reden. Die Variante mit der Bekannten war moderater. So dachte Lehr. Allerdings sollte die Französin »nicht ganz so sauber« gewesen sein. Zumindest nach der Aussage seines Vaters, transportiert über die Mutter. Sauber im Sinne von hygienisch. Als er noch minderjährig war, hatte er lange überlegt, was mit »nicht ganz so sauber« gemeint gewesen sei. Und woran man bei Erwachsenen erkannte, dass sie nicht »so sauber« waren. Wasser und Seife gab es in den 1940er-Jahren bereits.

Und eine junge Frau soll nicht sauber gewesen sein? Dazu noch eine Französin?!

Heute, als Erwachsener, mit über 50, wusste Lehr besser, was wohl gemeint war: sie roch zwischen ihren Beinen lusttötend.

Wie gesagt, heute, als Mann über 50, konnte Lehr sich das plastischer vorstellen. Und, das kommt beweisführend hinzu: Er hatte inzwischen selbst sexuelle Erfahrungen mit weiblichen Bekanntschaften gesammelt. Mann ist ja nicht mehr klein. Einmal schien sich eine Doggy-Stellung zu entwickeln. Da kamen ihm von der Frau im Vorfeld Fäkalien-Gerüche entgegen, die seinem Erregungszustand abträglich waren. Lehr brach das nackte Zusammensein ab und ging ins Bad, um sich anzukleiden.

Breslau – Aufenthalt für eine Woche. Heute, Dienstag, den 02. August 2009, war Lehr zunächst gegen 13:00 Uhr in einem Baumarkt – wegen der Leuchtstoffröhre – und anschließend ab 14:38 Uhr in der Jahrhunderthalle. Diese wurde 1913 fertiggestellt, gehört zum UNESCO-Weltkulturerbe und war der erste Stahlbetonbau Deutschlands mit diesen Ausmaßen: unter anderem eine freitragende, runde Kuppel. Direkt daran schließt sich ein Wasserspielgelände an. Und ein Japanischer Garten.

Er filmte viel mit seiner Digicam. Bestimmt 60 Minuten lang. Im Anschluss an die Besichtigung des Weltkulturerbes waren seine Frau, seine Schwiegermutter und er auf dem Friedhof. Da filmte er nicht. Aber einen Hund fotografierte Lehr, der aus einem Hausfenster schaute, gleich vis-à-vis dem

Friedhof. Im zweiten Stock eines Eckhauses. Eine treue Boxer-Seele. Ja. Das war zu erkennen. Der braune Hund schien eine allzu menschliche Physiognomie zu haben. Angela Merkel, CDU, war Bundeskanzlerin.

Drei frankierte und handbeschriebene Ansichtskarten warf er in den roten, polnischen Briefkasten. In Polen sind sie rot. Aber erst am Montag wird der Kasten geleert, so war zu lesen. Die Karten würden bestimmt zwei bis drei Tage benötigen, bis sie bei Freunden in Deutschland sind. Schätzte er.

Vom Friedhof schrieb er vorhin. Das war eine intuitive Aktion. Die Oma seiner Frau lag dort begraben. Lehr dachte spontan an seinen Vater. Den besuchte er nicht, seit er tot war. Das lag aber an ihm. Der Vater war tot. Lehr lebte. Der Vater konnte ihn nicht besuchen. Lehr konnte ihn besuchen, solange er geistig und körperlich beieinander war. Das Grab würde er nicht finden. Man fand solche Gräber nicht einfach so – nach 19 Jahren. Er müsste sich informieren. Beim Garten- und Friedhofsamt. Er müsste fragen: »Wo bitte liegt mein Vater?« Es war eine Erdbestattung gewesen. Die Grabpflege hatte wohl eine Firma übernommen.

Wie schnell sich Friedhöfe füllten! Damals war das ein neues Grab. In der Reihe der neuen Gräber ein frisches Grab. Ihm war am Trauertag nicht bewusst, dass am selben Tag weitere Menschen beerdigt worden waren. Dort. In der Reihe seines Vatergrabs in Witten. Auf den Feldern des Hauptfriedhofs. Und tags darauf wurden wieder Menschen zu Grabe getragen. Und übermorgen wieder. Nein, sein Vater wurde nicht in dessen Geburtsstadt beerdigt. Sondern in der Geburtsstadt der Mutter. Geboren wurde sein Vater in Essen. Lehr wusste nicht einmal, ob sein Vater eine Hausgeburt oder eine Krankenhaus-Geburt war. In Essen wuchs er auf, ging zum Gymnasium und wohnte dort bis zum Tod des leiblichen Vaters mit seinen Eltern und seinem jüngeren Bruder. Die Familie war so arm, dass Lehrs Vater im Winter kurze Hosen trug, darunter oft Strumpfhosen. Mit einem gebrauchten Fahrrad fuhr er zur Schule, weil es kein Geld für die Straßenbahn gab.

Erbstücke des Opas waren Schreibtischutensilien aus Edelstahl, die lange Jahre auf dem privaten Schreibtisch von Lehrs Vater zu Hause standen: Eine » Löschwippe« mit Haltegriff. Zweiteilig. Man schob das neue Löschpapier über eine Metallrundung und steckte das Element in die Haltegriffvorrichtung. Ein Briefbeschwerer. Ein Brieföffner. Eine Schale auf kleinen Stützen für Schreibstifte. Wenn Lehr sich recht erinnerte, wurden diese Gegenstände von Firma Krupp in Essen produziert.

Lehr wusste nicht mal, wie das Gymnasium hieß und in welchem Stadtteil es war. Es wäre gut, es in Erfahrung zu bringen. In Essen, ein Gymnasium. Wie viele Gymnasien hatte Essen in den 1930er-Jahren? Seine Oma väterlicherseits musste das Geld für die Schule und die Bücher aufbringen.

Nach dem Tod des leiblichen Vaters zog die Familie nach Dortmund. Dort heiratete Lehrs Oma einen Mann, der bei der Polizei arbeitete. »So eine Art Kommissar …«, wurde Lehr gesagt – den er nie kennenlernte. Wahrscheinlich, weil sich nach dem Krieg das familiäre Klima zwischen seinem Vater und seinem Stiefvater, respektive seiner Mutter, verschlechterte.

Lehrs Oma arbeitete sich bei der Dortmunder Post von der einfachen Telefonistin bis zur Aufseherin hoch.

Der Erstgeborene – Lehrs Vater – besuchte weiter das Gymnasium. Es wurde ein Klavier angeschafft. Zudem erhielt er Unterricht von einer Klavierlehrerin. Er bekam ein anderes Fahrrad. Ob es ein Neukauf war, wusste er auch nicht. Ob es mehrere Gänge, eine Schaltvorrichtung hatte, beziehungsweise, wie der Hersteller hieß, war ihm ebenso wenig bekannt. Zu jener Zeit hatten Alltags-Fahrräder selten mehrere Gänge. Sein Vater trug das Fahrrad jeden Tag die Treppen hinunter und nach der Benutzung wieder hinauf. In die Wohnung. Im 4. Stock. Wegen Diebstahl, Vandalismus. Schon damals waren Fahrräder ein sehr begehrtes Diebesgut.

In der Wohnung seiner Großeltern väterlicherseits war er nie gewesen. Das Haus wurde zerbombt. In Dortmund. Während des Zweiten Weltkriegs. Man erzählte sich, dass das Klavier, das sein Vater zum Üben benutzte, oben auf den Trümmern gestanden habe. Wenn es um verbalisierte Kriegserinnerungen ging, gehörte diese Geschichte zum Standard-Repertoire in Lehrs Stammfamilie. Das leicht lädierte Klavier auf den Trümmern eines zerbombten Hauses.

Seine Oma, väterlicherseits, hatte, außer dem Klavier, ein paar andere Sachen retten können. Kleidungsstücke. Töpfe. Besteck. Was später aus dem Klavier wurde, war Lehr nicht bekannt.

Irgendwann schaffte sein Vater die verlangten Leistungen in der Schule nicht mehr. Er wurde nicht versetzt. Es musste die gymnasiale Mittelstufe gewesen sein. Er war dann in Holland in einem Internat. Wie das Internat hieß und wo es sich befand, wusste Lehr nicht. Lehr hatte nie die Zeugnisse seines Vaters gesehen. Ebenso wenig die seiner Mutter. Auch so ein Familiengeheimnis. Zeigen Sie, Leserinnen und Leser, Ihren Kindern Ihre alten Schul-zeugnisse? Wenn ja, warum? Wenn nein, warum nicht? Wie viele Lehrer und Lehrerinnen hatten Sie im Lauf Ihres Leben? Lehr hatte 1999 – als Gerhard Schröder Bundeskanzler war – eine Liste erstellt. Mit den

Namen seiner Lehrer. Soweit er sich erinnern konnte. Er kam auf über einhundert.

Sein Vater besuchte das Internat in Holland zwei Jahre lang. Später war er wieder in Deutschland und machte das Notabitur – im Alter von 19 Jahren – denn der suchtkranke Reichskanzler Adolf Hitler brauchte nach dem Überfall auf Polen am 8. September 1939 neue, neue Soldaten.

Dem Studium vorgeschalteten Reichsarbeitsdienst musste sein Vater am Westwall verrichten. Dort schleppte er unter anderem Betonschalen; Tag und Nacht. Im Dunkeln wurde die Baustelle mit starken Scheinwerfern geflutet. Die Inhalte der Schalen wurden in den Sperranlagen verbaut. Für einen jungen Mann mit Klavierspieler-Händen und klassischer Musik-Ausbildung nicht gerade zuträgliche Arbeiten.

Studium an der Pädagogischen Hochschule in Dortmund bis 1941. Lehramt für Volksschulen. Zusätzlich studierte er Musik. Sein Vater hatte über Jahre fleißig mit einer Klavierlehrerin geübt, sodass er die Aufnahmeprüfung am Dortmunder Konservatorium bestand.

Jobs bei der Post als Zusteller und bei der Union-Brauerei als Brauerei-Helfer während der Studienzeit. Jeden Tag bekamen die Jungs ihren kostenlosen Haustrunk, hatte sein Vater erzählt. Die Post habe gut bezahlt. In den 1940er-Jahren wurde sogar zweimal pro Tag die Post ausgetragen. Morgens und nachmittags. Ein besserer Service als heutzutage, oder?

Die Brauerei zahlte gut. Zudem spielte sein Vater in Dortmund die Pfeifenorgel. In Kirchen. Da gab's dann ein paar Mark.

Lehrs Vater wollte weder an der Mittelschule noch am Gymnasium unterrichten. Das hatte er ihm mal erzählt. Er sah seine Berufsaufgabe als Lehrer darin, bildungsfernen Schülern den erforderlichen Lehrstoff näherzubringen. Die

19

Gutbetuchten wollte er nicht unterrichten. Und nicht die Elitären. Sein Vater hatte selbst, als Schüler, schlechte Erfahrungen sowohl mit Schülern als auch Lehrern gemacht. Stichwort: hochnäsig.

Ab 1941: Dritte Batterie-Artillerieersatz-Abteilung, Bonn-Duisdorf. Später Einsatzraum in Uman, Dnjepr, Kiew, 1942 Donez. 1943 Standort der Marschbatterie: Frankfurt/Oder. 1943/44 Stabskompanie-Regiment, Einsatzraum: Antwerpen, Marseille. Gefangennahme durch US-Amerikaner September 1944 in Epinal/Frankreich. In amerikanischer Kriegsgefangenschaft bis März 1946. Dienstgrade: Gefreiter, Unteroffizier, Leutnant.

Lehr besaß zwei Schwarz-Weiß-Fotos, die seinen Vater als jungen Soldaten zeigten. Auf den Fotos war der Vater schmächtig und das Gesicht jungenhaft. Er stand mit anderen Offizieren zusammen und redete. Denkbar ist, dass es im Offizierscasino war. Die Herren trugen keine Kopfbedeckung. Ein Kamerad hielt eine Zigarette zwischen den Fingern. Im dunklen Hintergrund war ein Mann mit umgehängtem Akkordeon zu sehen. Er blickte nach links. Vielleicht zu einem Mann, der an einem Klavier saß? Wer das Foto gemacht hatte, war Lehr unbekannt.

Ein weiteres Schwarz-Weiß-Foto zeigte seinen Vater im Profil. Dahinter ein weiterer Mann. Vielleicht Christoph, der Bursche? Beide standen vor einem Haus. Im Garten. Die Fensterläden waren geöffnet. Sein Vater stützte seinen linken Unterarm in Brusthöhe mit einem langen Stock ab, der im Boden steckte. Eine seltsame Körperhaltung. Nur ungenau war zu erkennen, dass eventuell der Arm verbunden wurde und deshalb abgestützt werden musste. Erst jetzt, während des Schreibens, schaute Lehr sich die Fotos genauer an. Beide Männer trugen Reiterhosen. Dazu Reiterstiefel. Und Schirmmützen.

Lehrs Vater hatte ihm erzählt, dass er eine Wehrmachtsuhr besessen hatte. Mit fluoreszierenden Ziffern und Zeigern. Die lief sehr exakt. Stichwort: Uhrenvergleich. Als während der Gefangennahme in Epinal ein US-Soldat die Uhr am Handgelenk entdeckte, befahl er seinem Vater, ihm die Uhr auszuhändigen. Mit entsicherter und vorgehaltener Pistole in der Hand. Sein Vater nahm die Uhr ab und schleuderte sie mit Wucht in ein Gebüsch. Der US-Soldat fluchte. Soweit Lehr informiert war, durften Soldaten Gefangenen nicht stehlen.

Auf dem Schiff machten sich GIs (Angehörige der US-Streitkräfte) lachend einen Spaß daraus, den einfachen Soldaten im Schiffsrumpf Zigaretten zuzuwerfen, und mitanzuschauen, wie sich die Deutschen mit starkem Körpereinsatz darum stritten. Die Offiziere, zu denen auch sein Vater zählte, sahen vom Oberdeck aus zu – stimmten aber nicht ins Lachen ein.

Lehrs Vater kam unterernährt aus der US-amerikanischen Gefangenschaft zurück. Ein Mitbringsel war ein weiß-graues T-Shirt. Aufdruck auf dem Rücken: »POW« – Prisoner Of War. Das Hemd lag während vieler Jahre im Kabäuschen auf dem Dachboden der Dorfschule. Lehr hatte es mal in der Hand. Als Junge. Konnte aber mit den drei Buchstaben nichts anfangen. Sie ergaben für Lehr keinen Sinn. Ein solches Wort kannte er im Deutschen nicht. POW. Später krochen die Motten in das T-Shirt und zerfraßen es teilweise. Motten waren auch für etwas gut. Oder?

Sein Vater sog Berlin in sich auf, während der Zeit der Offiziersausbildung. Dort lernte er auch das Reiten. Dazu hatte der Bursche Christoph zuvor das Pferd gesattelt und die Trense mit Zügeln angelegt.

Christoph. So sollte Lehr mal heißen. Mit zweitem Namen. Wie der Bursche. Das hatten sich seine Eltern während der

Schwangerschaft überlegt. Der Bursche kümmerte sich auch anderweitig um das Pferd. Striegeln. Füttern. Saubermachen. Und um die Kleidung des Offiziers: Uniform ausbürsten, bügeln, Knöpfe annähen. Stiefel putzen, Pistole reinigen etc. pp.

Lehr sah nie, welche Noten auf dem Zeugnis seines Vaters zur bestandenen Offiziersprüfung vermerkt waren.

Was aus dem Burschen wurde, wusste Lehr nicht mehr. Sein Vater sagte oft zu Lehr: »Wenn du eine richtige Stadt kennenlernen möchtest, wo das Leben ist, geh nach Berlin.« Weiter als nach Frankfurt/Main schaffte er es bislang nicht. Dass in Frankfurt/Main das Leben tobte, konnte er nach über 20 Jahren dort verbrachter Lebenszeit nicht sagen. Die so genannte Mainmetropole mit Ihren 670.000 Einwohnern.

Die Linken hatten hier mal ein paar Steine geworfen. Und es gab die »Frankfurter Schule« mit Horkheimer, Adorno, Habermas. Aber sonst? Als Lehr während seiner Studienzeit bei einer Bank arbeitete, sagte seine Vorgesetzte häufig zu ihm: »Zum Arbeiten ist Frankfurt ganz okay. Zum Wohnen und Leben aber nicht!« Lehr mietete seine erste, eigene Wohnung 1982 in Frankfurt-Bornheim an. Am Alleenring. Vierter Stock. Altbau. Kein Fahrstuhl. Dachgeschoss. Sobald man durch die Haustür trat, roch es nach Abfällen, weil sich die eingemauerten Müllboxen links im Durchgang befanden. Es roch nach Obst, Gemüse und Gewürzen, weil der Händler im Erdgeschossladen seine Lagerräume im Hof hatte und den Zugang mit seinen Palettenwagen besetzte. Entsprechend ramponiert sahen die Wände aus. Mit Einbruch der Dunkelheit kamen oft 40-Tonner aus Italien. Sie parkten direkt vorm Eingang. Im absoluten Halteverbot. Der Fahrer war eine Zeitlang damit beschäftigt, die Ware zu den Überdachungen im Hof zu schaffen. Die Briefkästen, die über den Müllboxen montiert waren, hatten bessere Zeiten erlebt.

Die Blech-Türen hatten »Eselsohren«, unleserliche Aufkleber und teilweise fehlten Schlösser. Die vergammelte Haustür stand Tag und Nacht offen.

Ein Zimmer mit durchhängendem Fußboden. Eine Küche. Keine Toilette, kein Bad. Zum Glück Zentralheizung und fließendes Wasser. Warm und kalt. Die angejahrte Wohnungstür war mit zwei alten Schlössern versehen, wie man sie aus den 1950er-Jahren kannte. Lange Schlüssel, langer Bart. Der Eingangsbereich war ein Provisorium. Man hatte auf der Etage einen trapezförmigen Vorbau installiert. Oben und an den Seiten Holzbalken, neben der Tür und als »Dach« tapeziertes und gestrichenes Sperrholz. Lehr diente dieser »Vorraum« als Abstellkammer. Die Toilette war im Treppenhaus – auf demselben, letzten Absatz – und wurde von insgesamt drei Parteien benutzt: von Lehr, seinem kroatischem Nachbarn. Dessen Waschbecken befand sich hinter der festinstallierten Holztreppe zum Dachboden, die ihm als Paravent diente und der sechsköpfigen Familie vis-à-vis innen, an der Toilettentür, war ein Drahthaken, um sie während des Geschäfts »abzusperren«. Immerhin war in der Toilette elektrisches Licht, jedoch kein Waschbecken, keine Heizung, kein Lüftungsabzug. Lehr hatte auf Abstandsbasis vom Vormieter eine Dusche mit festen Schiebewänden und elektrischer Pumpe übernommen. Die stand in der Küche. 275 Deutsche Mark Kaltmiete für 35 Quadratmeter. Ohne Kellerraum.

Ich, Lehr, schreibe in mein Tagebuch:
24. Juli 1994, 19:35 Uhr.
Heute war ich in Niedersfeld. Nein, nicht spontan. Zuvor geplant. Ich habe dort Fotos gemacht. Schwarz-weiß und in Farbe. Von der Kirche. Von der Schule. Von beiden Schulen. Wie mein Gefühl war? Beschissen. Absolut beschissen. Nervös war ich.

Vielleicht würde mich jemand erkennen. Aber nein! Wer sollte mich denn dort erkennen? Es sind 25 Jahre vergangen seit dem Wegzug. Und ich habe mich verändert. Langsam näherte ich mich mit dem PKW dem Ort. Machte von einer Anhöhe »Unterm Kreuz« ein Foto vom Kirchturm. Dann fuhr ich hinunter, parkte in der Nähe von Borgmanns Gaststätte. Ja, eben genau dieser Gaststätte. Da kaufte ich einst Bierflaschen für meinen Vater.

Dann fotografierte ich Teile der Kirche aus der Froschperspektive. Später den Durchgang zum Kindergarten und schließlich das Seitenschiff.

Im Ohrmuschelbereich spannte sich meine Kopfhaut: In dieser Kirche musste ich dienen. – Nahezu gleichauf durchzuckte ein süßer Lustschauer meinen Rücken: Sonnenlicht und fotografische Perspektive waren stimmig.

Den »Schulweg« nahm ich fotografisch auf – das Straßenschild und den Weg dazu. Die Frontseite der alten Schule. Alles in schwarz-weiß. Die Freitreppe. Dias kamen in mir hoch. Und diese Dias pendeln, indem sie per Schieber aus dem Dia-Projektormagazin gezogen und später wieder zurückgesteckt werden. Die elektrisch betriebene Mechanik des Projektors ist ein Diapendel. Ich betrachte die Dias auf einer weißen Wand. Die Bäume stehen noch vor der Schule. Parallel zur großen Treppe. An diesen Bäumen hielt ich mich manchmal fest, wenn ich Rad fuhr. Also eine Pause machte. Einmal hat mir sogar ein Vogel auf die Schulter geschissen, während ich mich samt Rad an einen Baum anlehnte.

Ich bin sicher: Lebte mein Vater heute noch, zu einer Zeit, in der ich Therapie mache, meine Eltern würden ins Grübeln kommen und sich vielleicht sogar scheiden lassen.

Bilder der Traurigkeit. Auf der Treppe hatte ich oft gespielt. Hinter den Fenstern im ersten Stock hatte ich geschlafen. Im Wintergarten unsere Goldhamster gefüttert.

Tja. Und der Kasten Sägemehl. In dem ich mit Bärbel gespielt hatte ...

Von der »kurzen« Seite der Schule machte ich Fotos. Und von der »langen« Rückseite. Vom Schulhof. Vater ist tot.

Ich spazierte zur neuen Schule. Machte von der Ruhrstraße ein Foto. Dann von der Schule. Allerdings in Farbe. Die stärksten Negativenergien hatte ich an meinem Geburtshaus. Deswegen auch schwarz-weiß.

Die neue Schule. Tja. Ist nicht schön. Hat kein Flair. Drei Fotos insgesamt. Dann schlenderte ich durch eine Gasse zurück zur Kirche. Dort machte ich das letzte s/w-Foto. Ich fuhr zur Hochheide und aß Brot, trank Wasser. Beides hatte ich als Proviant dabei. Nach etwa einer Stunde fuhr ich am östlichen Hang entlang, machte ein Foto vom Kirchturm und der alten Schule. Danach das letzte Bild des Films vom Schuldach. Hatte ich meine Kindheit mit dieser Fotoaktion emotional zurechtgerückt? Oder doch nicht?

Zurück über Hildfeld, vorbei an der Ruhrquelle nach Winterberg. Kurze Rast mit Eis. Dann nach Hause.

Es gibt zwei Wege, eine Psychotherapie zu machen: Der eine ist der als Patient, der andere der als Therapeut.

Helmut Kohl, CDU, ist Bundeskanzler. 20:11 Uhr.

Nein, Lehrs Vater sollte kein Nazi gewesen sein. Keiner. »Das sagen alle, hinterher ...!«, hörte er oft Mitschüler während seiner Regelschulzeit ausstoßen. »Nationalsozialist will keiner gewesen sein!« Er hatte im Lauf seines Lebens davon gehört, dass es Nazis gab, die Adolf Hitler bis zum Kadaver gehorchten. Über sie wurde gesprochen. Aber war das bei seinem Vater überhaupt denkbar? Gläubiger Katholik und Nationalsozialist?

Es gab doch welche – und gibt sie noch heute – die dazu stehen, und die Herrn Hitlers Denken und Handeln gut fanden/finden. Und es gab auch die Kombination Katholik und Nationalsozialist.

Sein Vater war wirklich kein Nazi. Das müsst ihr dem Erzähler glauben. Sein Vater hatte als auszuführender Befehlsempfänger ein russisches Dorf davor bewahrt, abgefackelt zu werden. So lautete der Befehl: Die Bewohner vertreiben und alles niederbrennen. Sein Vater erzählte, er habe sich geweigert. Für dieses Verweigern hätte er laut Militärgesetz standrechtlich erschossen werden können. So sagte er weiter.

Als Erwachsener hatte er seinen Vater mal gefragt, ob er Menschen im Krieg erschossen habe. Als Katholik. *Du sollst nicht töten.* Aber der Vater hatte nie auf die Frage geantwortet. Heute wusste Thomas, dass das ein Selbstschutz war. Wie hätte Lehr damals gehandelt? Welche Fragen hätte er beantwortet und welche nicht, wenn er Offizier im Zweiten Weltkrieg gewesen wäre?

Ich, Lehr, schreibe in mein Tagebuch:

Sonnabend, 3. Juni 1995, 13:10 Uhr, [Niedersfeld, FeWo].

Nie! - Kein Tag wie jeder andere!

Es ist so weit. Und ich möchte nichts dramatisieren. Im Leben tut man, was man tun muss.

Nun. Die ersten Eindrücke: Die Wohnung ist wirklich toll! Groß, hell und sehr weit oben! Nämlich über dem Dorf! Schaue ich aus diesem Fenster, sehe ich die Dächer meines Geburtsdorfes. Heute ist es trübe.

Die Fahrt hierher war anstrengend. Weniger wegen meiner Nerven, eher wegen der Touristen und Einheimischen in den Dörfern, die alle am Vormittag in die großen Geschäfte hetzten.

Frau Ulrich junior gab mir den Schlüssel für diese Wohnung und zeigte mir kurz die Einrichtung. Es ist übrigens die erste

Ferienwohnung, die ich in meinem Leben miete. Und dann gleich in meinem Geburtsdorf!

Nun. Ich erwähne es häufig genug.

Immer und immer wieder. Wo soll ich denn beginnen? Ich kam hier an und war ordentlich geschafft. Immerhin musste ich meine komplette Ausrüstung – PC, Monitor, Drucker, Tastatur, Maus, Kabel, 3,5-Zoll-Verbatim-Disketten, Bürostuhl, Stapel A4-Papier, Diktiergerät mit Pedalwerk, portables Radio mit Kassetten-Laufwerk, TDK-Audio-Kassetten, Bücher, Proviant, Mineralwasser, Rollkoffer … – zusätzlich drei Stockwerke hoch-tragen! Da soll einer sagen, in einem hochsauerländischen Dorf gäbe es keine »Hochhäuser«.

Jetzt im Augenblick kommt die Sonne ein bisschen durch. Extra für mich? Vielleicht. Ich lasse sie in mein Herz. Ganz schnell, bevor sie wieder weg ist.

Gegessen habe ich auch schon. Standard: Spaghetti mit Tomatensoße und ganze Champignons aus dem Glas. Entspannt habe ich mich. Mindestens eine halbe Stunde lang. Das war wichtig. Die Fahrt hierher. Und ich wollte doch endlich hier ankommen. Welch ein Glück ist mir widerfahren? Ich habe mein Projekt Wirklichkeit werden lassen. Das ist das Wichtigste, was zählt. Alles andere drumherum ist doch völlig belanglos. Eigentlich gar nicht wesentlich.

Ob ich mich denn auch trauen werde, in meine Taufkirche zu gehen? Bereits morgen? Nein, ich befürchte fast, dass das nicht vonnöten ist. Man sollte sich nicht immer und überall Gewalt antun.

Es reicht, dass ich meine Tauf- und Kotzkirche (s. »Beichtgang«) durch Fotoretusche mit Satellitenschüsseln ver- und entfremdet habe. Ich lache großartig in mich hinein über diese »Heldentat«.

Mutter! Stell Dir das mal vor, dein Sohn, Thomas hat seine Tauf- und Kotzkirche entfremdet. Er hat sie quasi an die moderne elektronische Zeit der Medien angedockt. Das soll es geben. Dein Sohn, Mutter! Stell dir das bitte schön doch mal vor.

Dein Sohn, seine Taufkirche. Pardon. Tauf- und Kotzkirche.

Irgendwie bin ich dabei, mein Leben zu dokumentieren. Immer und immer wieder.

Augenblicklich werde ich müde. »Supertramp« läuft im CAS-Radio. Glücklicherweise gibt es so'n Ding hier – und es funktioniert. Aber, ich habe ja auch vorgebaut. Mit meinem eigenen Mitbringsel. So bekomme ich genug Schreibunterstützung. Gut war auch, den Bürostuhl mitgenommen zu haben. Er ermüdet mich nicht so stark.

Nun. Genug des Sinnierens. In medias res. So sagte der Lateiner. Tja, was soll ich denn schreiben? Ich bin hier. Schaue aufs Dorf. Sehe viele Autos aus dem Ruhrgebiet und dem Münsterland. Holländer fahren durchs Gelände. Das Dorf »betrat« ich aus Richtung Winterberg. Die Stadt Winterberg hat sich negativ entwickelt. Sie erinnert mich zunehmend an Touristenorte im südlichen Ausland. Kaufen, kaufen, kaufen. Viele machen ihre Wochenendtrips; manche, um irgendetwas zu tun zu haben: Fahren und Shoppen. Shoppen ist Leben!

Ich erreichte also mein Dorf, aus Richtung Winterberg kommend. Fährt man über die B 480, sind es neun Kilometer. Der weiße Geißbock auf schwarzem Schieferblock am Dorfeingang fiel mir besonders auf. Ein Wappentier für dieses Dorf. Vorher »riskierte« ich aber einen Blick nach links durch die beblätterten Bäume: Dort gibt es immer noch die Mutternfabrik »Gehrig & Co«. Eine Fabrik, die bereits während meiner Kindheit existierte. Ob die Gehrig & Co-Söhne inzwischen in die Fabrikantenfußstapfen der Eltern gestiegen sind? Einer dieser Söhne war mit mir in der Sexta in Winterberg. Jürgen.

Werde jetzt den ersten Erkundungsgang unternehmen. Mein Diktiergerät habe ich dabei. Außerdem beide Canon-Spiegelreflexkamera-Gehäuse samt Vario-Objektiven. Filme. Ein

Aufsteckblitzlicht. In einem Gehäuse befindet sich ein s/w-Film. In dem anderen ein Farbfilm.

18:49 Uhr.

Bin zurück, habe mich entspannt und höre jetzt das Band ab, was ich besprochen habe und schreibe den Text in den PC.

Sitze Richtung Tal und schaue auf die Häuser herab. Ausblick schön. Gefühl: sehr gut!

Angst vor dem Dorf (oder was mich hier festhält) nicht so stark wie befürchtet. Wanderung durch das Dorf. Dia Sportplatz: Hier spielten unter anderem in den 1960er-Jahren Knabenmannschaften sowie junge erwachsene Männer aus verschiedenen Dörfern Fußball gegeneinander.

Begegnung mit Friedhelm Wallner auf Sichtweite. Ein heute circa 55-jähriger, kleinwüchsiger Mann. Als ich ein Kind war, fuhr Friedhelm mit einem Motorroller, der ein Versicherungs-kennzeichen hatte. Sein kleinwüchsiger Zwillingsbruder fuhr ebenfalls Motorroller. Stieg in ein Auto ein. Am Gang erkannt.

Erinnerungs-Dia: Wallner fuhr stehend auf der weißen Vespa mit roter Sitzbank, an die er sich anlehnte, um das Gefährt bewegen zu können. Sitzen und zugleich fahren konnte er nicht. Seine kleinen Hände umschlossen nicht in Gänze die Lenkergriffe. Nichtsdestotrotz hatte er das Fahren früher so gut drauf, dass er sogar normalwüchsige Sozia mitnahm. Das hat mich immer sehr beeindruckt. Wallner konnte auf dem Schulhof mit großen Jungs »gut« raufen, er schlängelte sich um deren Beine und brachte sie so zu Fall.

Bin auf dem Kreuzberg, vorbei an der ehemaligen Zahnarzt-praxis Piltz. Dessen Sohn hatte mich im Keller behandelt. Dort war sein Behandlungszimmer, denn er arbeitete parallel zu seinem Vater, der seine Praxisräume ebenerdig hatte. Vorbei am Haus der Benners. Konnte nicht feststellen, ob dieselben Leute noch dort wohnen. Haus hat sich außen bautechnisch nicht verändert.

Weiterer Gang zum Kreuzberg. Dort das Betrachten von Kreuzwegstationen. Blasse Erinnerung an die Fronleichnamsprozession, bei der der »Zug« immer an diesen Bildstöcken Halt machte.

Weiterer Gang zum Rimberg. Dort ist ein großes Holz-Kreuz, das vom Dorfkern aus gut sichtbar ist.

»Mutter, ich weiß nicht, woher deine und damit auch meine diffuse Angst kommt.« Ich möchte sie gerne überwinden, diese Angst, weil sie mich nicht leben lässt.

Schaue auf den Rimberg; sehe eine Bank. Überlege, den Aufstieg zu machen. Entscheide mich, nicht hoch zu gehen.

Wieder eine Kreuzwegstation, die ich kurz öffne. Überlege, ob sie ein Foto wert ist. Mache aber keins. Dafür ein perspektivisch schräges von einer Corpushand.

Hier sind viele Kreuze.

Versuche im Moment, meine Gefühle zuzulassen. Wobei das sehr schwankt. Stehe unterhalb des Rimbergs, mit Blick auf den Südhang, wo ich derzeit wohne, erkenne aber mein temporäres Domizil nicht.

Fragte vorhin entgegenkommende Spaziergänger, wie der Ort zur Rechten – im Tal – heißt. Von dem Standort aus, an dem ich war, gab es nun zur Linken und zur Rechten Häuser. Ich fragte mich zunächst: »Was mag das wohl für ein Ort sein?«

Dann ging ich einige Meter weiter, um die Perspektive zu ändern, und stellte fest, dass das Niedersfeld ist! Das wurde von den Wanderern bestätigt. Dabei grinste ich in mich hinein, denn ich erkannte einen Teil meines Geburtsdorfes nicht!

Sehe den Hillebachsee. Den gab es zu meiner Kindheit nicht. Entscheidung: Ich gehe doch zum Kreuz des Rimbergs. »Eins weiß ich sehr genau: Ich bin nicht zum Sterben hierhergekommen.« Augenblicklich beim steilen Aufstieg zum Rimberg. »Ich weiß wirklich nicht mehr, Vater, warum ich dich eigentlich suche.«

Am Rimberg-Kreuz. Foto von einem geistlichen Spruch am senkrechten Balken in drei Meter Höhe. Blick auf das Dorf. Im Zentrum die Kirche. Versuche erstmal, Ruhe zu finden. War ein anstrengender Aufstieg. 30 Minuten sehr steil nach oben. (Aber ich wollte es nicht anders. Es gibt einen bequemeren, aber etwas längeren Weg hinauf ...)

Ich kenne den Blick, die Sicht. Dias dazu: verschwommen, eher dunkel, aber nicht angstmachend. War bestimmt mit meinen Eltern hier. Dazu stellen sich gerade keine Dias ein.

Ein Dia: war allein oder mit Freunden mal hier oben. Dieser Ort erzeugt in mir derzeit keine negativen Gefühle.

Habe von hieraus einen sehr großen Abstand zum Dorf, nicht nur räumlich, auch gefühlsmäßig; wobei ich denke, dass ich mich heute langsam herantaste – es ist mein erster Tag. Möchte nicht gleich in die Vollen.

Musste aufgrund von zwei, später vier, Motocrossfahrern, die mit sehr lauten Motorrädern bis an das Kreuz heranfuhren, was meine Ruhe ungemein störte und mich fürchterlich aufwühlte, meine Route abändern. Habe einen Fahrer laut schreiend angeschissen, deswegen. Das ist hier ein Naturschutzgebiet!

Gang zum Aussichtsturm. Erst Ruhe, dann kamen auch noch zwei dorthin gefahren! Die aber kehrt machten. Habe mich extrem aufgeregt!

Jetzt sind sie weg. Merkte mir ein Kennzeichen. In Korbach zugelassen. Nummernschilder waren sehr verdreckt; wohl absichtlich. Wichtig für mich, dass ich meine Aggressionen an eine Person verbalisiert habe. Danach ging es mir besser.

Bäcker Hüther im Zentrum. Erinnerung an den waagrecht angebrachten Metall-Rost vom Kellerfenster. Darunter war ein rechtwinkliger Schacht, der zum Fenster führte. Dieser Rost war neu und wir – Hermann Hüther, der mein Mitschüler in den Volksschulklassen war – spielten gemeinsam mit anderen Kindern »Gefängnis«. Ein oder zwei Mitspieler mussten in den offenen

Schacht krabbeln, die restlichen legten das Gitter darüber und stellten sich darauf, damit niemand herauskonnte. Selbst mit viel Kraft konnte derjenige, der im »Gefängnis« war, den Rost nicht heben.

Um die Folter zu erhöhen, griffen wir nach umliegenden Kiesel-Steinen und ließen diese durchs Gitter rieseln. Es passten aber nicht alle Steine durch den Rost. Manche blieben hängen. Während des Springens löste sich schlagartig ein Brocken und traf Peter genau auf dem Kopf. Mein Mitschüler fing fürchterlich an zu schreien, hielt sich den Schädel. Wir dachten zunächst, er würde markieren, aber als wir dann das Blut sahen, bekamen wir alle einen Schreck und ließen ihn schnell aus dem Schacht. Das Spiel war vorbei.

Zurück in die Wohnung. Entspannung. Bin genug gekraxelt.19:25 Uhr.

Psychologen schreiben, dass sich Angst vererben würde. Ja, Angst. Lehrs Eltern hatten Todesangst im Krieg. Sowohl seine Mutter als auch sein Vater. Seine Mutter erzählte oft, sie habe sich – im Büro, damals als Fremdsprachenkorrespondentin, – mit Hilfe einer Stahlschranktür geschützt, als während eines Fliegerangriffs der Engländer 1944 mit Maschinengewehren in die Fenster geschossen worden sei. Einschüsse waren später am Schrank und an der Wand zu sehen. Seine Mutter arbeitete beim Gussstahlwerk in Witten – sie blieb unverletzt.

Dann erzählte sie ihm die Geschichte von der Bombe, dem Blindgänger, der auf der Straße im Zentrum Wittens lag und über den sie habe steigen müssen, weil sonst keine Möglichkeit zur Flucht in den Bunker bestanden habe. Zwischen zwei Fliegerangriffen. Außer den Bunkern waren die Kirchen bei Fliegerangriffen überfüllt. Die Gläubigen rechneten damit, dass die Alliierten die Kirchen nicht bombardieren würden. Lehrs Mutter berichtete häufig, dass zu sonst keiner anderen Zeit so viele Menschen in die katholische Kirche gegangen seien. Wahrscheinlich auch Atheisten.

Der Kollege von Lehrs Vater, Lehrer Hahn, habe über Jahre Albträume gehabt. Albträume von Fliegerangriffen. Von Granateinschlägen. Von Schüssen aus Maschinengewehren. Der Lehrerkollege sei oft schweißgebadet aufgewacht. Herr Linder hatte Lehr während des Treffens im Jahr 2009 gesagt, dass sich beide nicht besonders verstanden hätten. »Es waren zwei ganz unterschiedliche Typen gewesen! Dein Vater und Lehrer Hahn.« Dabei schien es, als Lehr ein Kind war, ein harmonisches Verhältnis gewesen zu sein. Sie schienen in Lehrs Augen gut miteinander umzugehen. Zudem hatte Lehr nie gehört, dass der eine über den anderen herzog.

Sein Vater und Lehrer Hahn hatten beide ihre Kriegserfahrungen als junge Menschen an der Front gemacht. Sie hatten den Terror überlebt. Sie waren etwa derselbe Jahrgang. Sie hatten beide den Beruf des Lehrers ergriffen. Des Lehrers an Volksschulen. Sie verstanden ihrer beider Aufgabe darin, die Kinder und Jugendlichen vor einem weiteren Diktator, vor einer weiteren Gewaltherrschaft – in welcher Form auch immer, und sei es der Kommunismus, der in der DDR fröhliche Urständ feierte! – durch eigene Erfahrungen und durch erlerntes, pädagogisches Instrumentarium zu bewahren.

Allein das müsste doch ausreichen, um sich zu verstehen.

Mit wem verstand sich Lehrs Vater überhaupt? Herr Linder sagte 2009: »Dein Vater hatte einen ganz bestimmten Humor, damit bin ich nie klargekommen. Und andere hatten auch so ihre Schwierigkeiten.«

Er, der Vater, sei häufig angeeckt. Diplomatie war nicht seine Stärke. Konnte ein Alkoholiker überhaupt diplomatisch sein?

Antwort: Nein!

Lehr war gedanklich beim Thema Angst. Seine Mutter hatte immer Angst, schwanger zu werden. Nach den drei Kindern. Seine Eltern verhüteten nach der Knaus-Ogino-Methode. Aus religiösen Gründen lehnten sie andere, zum Beispiel mechanische Verhütungsmittel ab. Die Antibabypille sowieso. Das hatte Lehr später von seinen älteren Geschwistern erfahren, nachdem er um einige Jahre die Volljährigkeitslinie überschritten hatte.

Seine Mutter musste sich im Alter von 50 Jahren ausschaben lassen. Lehrs Patentante hatte eine Total-Operation in den 1970er-Jahren. Willy Brandt, SPD, war Bundeskanzler.

Seine Tante hatte immer Angst, dass ihr Verlobter aus dem Feld zurückkommen würde, denn sie hatte sich zwischenzeitlich in einen anderen Mann verliebt. Durfte sie das? Sich neu verlieben? Sie hatte ihrem Verlobten versprochen zu warten. Nach seiner Rückkehr wollten sie heiraten. Aber er kehrte nicht zurück.

Sie heiratete. Nach einer Schamfrist. Sein Patenonkel und seine Patentante hatten immer Angst, dass der Verlobte eines Tages vor ihrer Tür stehen würde. Und sie dann zur Rede stellen könnte.

Lehrs Vater heiratete 1947 Magdalena aus Essen. Geburt Veronikas durch Kaiserschnitt: Februar 1948. Magdalena starb im Wochenbett an einer Sepsis. Ärzte sagten später, es könne an infiziertem Operationsbesteck gelegen haben.

1949 heiratete Lehrs Vater erneut. Geburt Clemens: Mai 1950. Die Schulbehörde von Nordrhein-Westfalen schickte ihn nach Niedersfeld. Dort war eine Stelle als Schulleiter zu besetzen.

Lehrs Vater war ab 1. Juni 1951 der jüngste Hauptlehrer im Kreis Brilon, jetzt Hochsauerlandkreis. Mit 30 Jahren. Mindestens eine Lokalzeitung berichtete darüber. Soweit das Lehr bekannt war. Damals war das nicht so ungewöhnlich, dass recht junge Lehrer bereits eine Leitungsfunktion bekamen. Es war dem Lehrermangel geschuldet. Wurden so viele Lehrer im Krieg getötet?

Ich, Lehr, schreibe in mein Tagebuch:

Sonntag, 4. Juni 1995, 8:00 Uhr, [Niedersfeld, FeWo].

Nie? – Es regnet. Aber das stört mich nicht. Ich habe schließlich zu tun. Und bei dem Wetter ist das Dorf unter mir ruhig. Es ist wirklich unter mir und ruhig.

Gerade fällt mir wie zufällig auf, dass ich die gestrige und auch diese Textdatei mit »Nie-« begann. Dazu assoziiere ich wie selbstverständlich »Nie-Nie-Sagen-Verlag«. Oder »Sag niemals nie«.

Na, was soll's. Es kann nur besser werden.

Vom Band läuft Tracy Chapman. Der Tag ist trocken; hier im Zimmer. Ist es nicht besonders schön, bei Regen im Trockenen zu sitzen und die Füße unter einen Tisch zu strecken? Dazu noch gut und ausgiebig gegessen zu haben? Ach doch, ich genieße diese Zeit hier.

Glaube, dass das Dorf und die damit bei mir verbundenen Schmerzen immer weiter in den Hintergrund treten.

Die Kirchenglocken der römisch-katholischen Dorfkirche St. Agatha läuten zur Feiertags-Frühmesse und zum Feiertags-Hochamt nicht mehr so lange wie früher. Der Dorfpfarrer hat hinsichtlich Tourismus einen Deal mit Gott gemacht: Touristen möchten möglichst ungestört ausschlafen; deshalb läuten die Glocken kürzer.

Mir kam vorhin in den Sinn, nach Olsberg zu fahren und ein Café zu besuchen. Es regnet weiterhin. In Olsberg, also in diesem Café, könnte ich dann zum Beispiel Hermann Hesse lesen. Das ist doch was. Außerdem nehme ich dann mein kleines Notizbüchlein mit und das Diktiergerät, sodass ich bei Lust und Laune einfach schreiben kann. Meine beiden Kameras samt Objektiven sind sowieso dabei. Keine Frage. Selbst bei diesem Wetter.

Jetzt ist es 8:35 Uhr. Die Cafés werden noch geschlossen haben. Draußen ist es ungemütlich. So überlege ich, gegen 10 Uhr zu fahren. Das müsste eine Café-Zeit sein. Möglicherweise esse ich in Olsberg zu Mittag.

Ich werde sehen.

ICH DARF AUF KEINEN FALL MEINEN BÜROSTUHL VERGESSEN – wenn ich abreise! 09:02 Uhr.

14:15 Uhr.

Bin von der »Exkursion« zurück. (Übertrag der »Band-Notizen« in Datei).

Fahrt nach Olsberg. Sind 11,8 Kilometer. Erinnere mich an Theaterbesuche mit Mutter: »Charlies neue Tante« und Dia: Joghurteinkäufe, kleine Becher Magerjoghurt, für Vater in grauen Papppaletten. Wir kauften gleich mehrere davon, weil

mein Vater ab der Diagnose Leberzirrhose Diät leben musste. Habe das Geschäft nur vage wiedererkannt. Lasse hier los.

1967: Krankenhausbesuch beim Vater im St. Hermanns Krankenhaus Olsberg. Bin auf dem Weg nach Olsberg und mache vielleicht Zwischenstationen an markanten Punkten. An Punkten, an denen Dias aus der Vergangenheit in mir hochsteigen. Mir fiel gestern noch ein, dass ich den Niedersfelder Dorf-Friedhof aufsuchen wollte; habe aber vergessen, wo er ist.

Stehe für ein paar Minuten vorm Haus »Wildenstein«, an der B 480. Kann mich erinnern, dass hier Tagungen, Seminare,

Lehrerfortbildungen stattfanden, die mein Vater geleitet hatte. Passiere die Firma Plastofix, die Plastik-Knöpfe, -Hebel,

-Schalter hergestellt hat; beziehungsweise noch herstellt.

Bei den Kurven, die ich hier fahre (vor Assinghausen), kommt mir das Dia vom Auto-Unfall meiner Mutter in den Kopf: »Steinhelle«. Eine geografische Erhöhung im Süden Olsbergs. Jetzt verflackert das Dia ... und verschwindet.

Einschub: Niedersfeld kommt mir immer weniger weit ab vom Schuss vor. Früher wurde uns oder mir das so verkauft: Wir leben hinterm Mond. Ich bekam hier nichts von der großen weiten Welt mit. Und wenn ich heute die Straßenschilder sehe: Brilon. Das sind 22 Kilometer. Also ein Katzensprung mit dem Auto.

Soll ich morgen nach Meschede fahren? Ich überlege noch. Wäre eine ganz spontane Idee. Würde aber gerne gegen Mittag zurücksein. Also dann, wenn die Touristen-Meute losbricht.

Bin im Ortskern von Olsberg. Stehe vor dem Haus, in dem früher der Frisör Huber seinen Laden hatte. Mein Vater und ich gingen manchmal dorthin. Clemens war, glaube ich, auch dabei. Ich erinnere mich, dass meine Mutter nicht dorthin ging. Nehme an, dass es ein typischer Herrenfrisör war. Und wenn ich die Dias mit hellerem Licht ansah, erkannte ich nie Frauen in seinem Salon.

Ich ging nie gerne zu diesem Frisör. Vermuten kann ich, dass mein Vater auch nicht gern dort war. Ich ging deshalb mit starkem Widerwillen dorthin, weil Herrn Huber zwei Fingerglieder seines rechten Ringfingers fehlten. Trotzdem schnitt er meine Haare. Wie gebannt schaute ich immer wieder auf diesen Stumpf, vor dem ich mich ekelte. Ein Finger ohne Nagel. Mit der Schere in der Hand eilte dieser Stumpf durch die Zeit. Vor allem machte er mit dieser rechten Hand in meinem Gesicht herum: strich die Haare aus der Stirn. Benutzte den Gesichtspinsel.

Zudem hatte Herr Huber selbst ständig Pomade in den Haaren. Was auf mich so wirkte, als seien seine Haare ungewaschen und fettig. Herr Huber hatte extrem warme Hände. Wenn er mir dann über die Haare strich, um sie zu glätten, oder meine Ohrmuscheln umknickte, um dahinter zu schneiden, war mir das aufs Äußerste unangenehm. Ich verstehe nicht, warum mein Vater mich dieser Tortur aussetzte. Besonders gut sah ich nach der Frisur-Aktion auch nicht aus. Wahrscheinlich war Herrn Hubers Schneide-Service billig. Oder es war ein Protest gegen den Frisör in Niedersfeld. Über meine Frisör-Ängste und -Nöte konnte ich mit niemandem sprechen.

Mein Vater hasste bis zu seinem Tod Frisöre. Ich weiß bis heute nicht, warum.

Wenn man eine Aversion gegen Frisöre entwickeln kann, dann durch solche Lebenserfahrungen. Möglicherweise hatte mein Vater geglaubt, Kriegsversehrte finanziell besonders bedenken zu müssen ...

Stehe auf dem Parkplatz der Klinik, die nur wenige Meter von mir entfernt ist. Kann von meinem Gefühl her nichts mehr damit verbinden. Das heißt, die Korbach-Dias sind mir näher. Korbach, die Stadt in Hessen. Die Zeit meines Vaters in der Olsberger Klinik war allerdings schlimmer und heftiger. Er wurde für mich sehr schnell »aus dem Rennen« geschmissen. Der Dorfarzt konnte ihm nicht mehr helfen. Er überwies ihn. Die Klinik in Winterberg kam nicht in Betracht – warum, weiß ich nicht – also Olsberg. Dort lag er dann und fehlte zu Hause. Unsere ständigen Krankenhaus-Besuche folgten. Und immer größer wurde die Angst, dass er sterben wird. Im Alter von 47 Jahren. Das hat er nach drei Aufenthalten gesagt: »Lasst mich sterben. Ich habe keine Lust mehr!« Im Hospital bekam er zeitweise bis zu 15 verschiedene Tabletten pro Tag.

Fahrt Richtung Theater, schaue mir Olsberg an.

Assoziiere spontan folgendes Dia: Mein Bruder begann nach Abbruch des Gymnasiums in Winterberg 1967 eine Lehre als Betriebsschlosser bei Firma Oventrop, hier in Olsberg. Da war er 17 Jahre alt. Sein Ausbilder hieß Steinacker. Dieser war ein *ehemaliger Schüler meines Vaters. Mein Vater kam nicht mit ihm zurecht. Steinacker musste häufig gemaßregelt werden. Das hat sich Herr Steinacker gemerkt und rächte sich. Clemens musste Jahre später dafür büßen. Mein Bruder erwähnte häufig diese Schlüsselszene: Steinacker zitierte Clemens wiederholt an die Tafel, vornehmlich dann, wenn er etwas nicht wusste. Oder aus Schikane. Herr Steinacker packte Clemens an Kopf und Haaren, schleuderte seinen Schädel vor versammelter Klasse gegen die Schultafel und rief: »Das muss doch in Deine Birne rein! Willst du denn das nicht begreifen?!« Das muss für Clemens eine starke Demütigung gewesen sein. Zumal Clemens chronisch krank war: Scheißerei.*

Stehe am Bahnübergang Bigge. Hatte ich vergessen. Es heißt hier Bigge-Olsberg.

Durchquere Elleringhausen. Fahre Richtung Brilon-Wald, links die Bruchhauser Steine, rechts schöne Pferde auf der Wiese.

Fahre Richtung Winterberg. Ein Straßenschild zeigt an: 20 Kilometer. Habe gestern kurz überlegt, ob ich auch mal ins Orketal fahre. Weiß ich aber noch nicht genau. Hier war unser – das heißt, meine Mutter taufte diese Gegend in – »Schöner Platz«.

Kurzfristige Entscheidung: Fahre zurück nach Niedersfeld. Gang auf den Friedhof. Suchte Namen meiner Schulkameraden. Primär jedoch suchte ich mein depressives Kindheitsgefühl von damals. Ich erinnerte mich mal an ein Dia während düsterer Novembertage: Allerseelen. 14:50 Uhr.

Lehrs Eltern hatten nie zu ihm gesagt: »Ich liebe dich!« Man sagte der Kriegsgeneration nach, dass sie extreme Schwierigkeiten damit hatte, den Satz auszusprechen. Vier Kinder. Damit waren seine Eltern überfordert. Materiell, emotional, leistungstechnisch. Bei Lehrs sollten alle studieren.

Nach dem bestandenen Abitur hatte sich Veronika an der Ruhruniversität in Bochum eingeschrieben; Lehramtsstudentin für die Realschule. Fächer Deutsch und Mathematik. Zu der Zeit hätte sie zügig in drei Jahren das Studium abschließen können, zumal sie finanzielle Unterstützung nach dem Honeffer Modell bekam – ein Vorläufer des Bundesausbildungsförderungsgesetzes. Doch sie hielt es nur ein Jahr im Ruhrgebiet aus, weil sie Bochum zu spießig fand. Sie zog nach Münster in Westfalen und kam geistig in den Sog der 1968er. Kommune I strahlte von Berlin-West aus: Rainer Langhans. Fritz Teufel. Uschi Obermaier. Als 1948-Geborene war Veronika 1968 21 Jahre alt. Und gerne erzählte sie die Geschichte, dass in der Fakultät der Universität Münster ausgefüllte, mit Siegel und Unterschrift versehene Seminarscheine von Studenten die Treppenhäuser hinuntergeworfen worden seien. Der Student, der welche brauchte, konnte sich bedienen. An den »Blanko-Schecks«. Er oder sie trug einfach persönliche Daten, den Titel des Seminars, den Namen des Seminarleiters, den Titel der Seminararbeit, die Note und das Datum ein. Das waren mühelos erlangte Leistungsnachweise. »Unter den Talaren der Muff von 1.000 Jahren!« Kurt Georg Kiesinger, CDU, war Bundeskanzler.

Veronika präferierte, in Münsteraner Kneipen zu jobben, in den Tag und die Nacht hineinzuleben oder zwei Kommilitonen in einer WG zu bekochen. Beide Studiengenossen – Mann, Frau – studierten Jura in Münster und schlossen ihr Studium erfolgreich ab.

Veronika hingegen log 1975. Sie rief ihre Eltern an und erzählte, dass sie nun das erste Staats-Examen in der Tasche habe und dazu bereit sei, mit ihren Eltern in Münster anzustoßen. Lehrs Mutter nahm seinerzeit das Telefonat in

Witten-Annen entgegen. Das graue Telefon mit Wählscheibe der Deutschen Bundespost stand auf einem Telefontischchen ohne Sitzgelegenheit im Korridor. In der Nähe eines nierenförmigen Wandspiegels. Es war mit einem kurzen, grauen Kabel fest mit der Telefondose verbunden. Wir hatten keine Steckverbindung, wie es sie beispielsweise in Firmen gab. In den 1970er-Jahren kam extra ein Techniker der Deutschen Bundespost vorbei, der das Gerät anschloss. Der Telefonapparat war und blieb Eigentum der Deutschen Bundespost. Das Telefon im Korridor, statt im Wohnzimmer, sollte Vorteile bringen.

Lehrs Eltern meinten, dann würde man sich kurz fassen, da man nur im Stehen telefonieren könne. Man störe zudem nicht die Familienmitglieder, die im Wohnzimmer säßen und Fernsehen schauten. Außerdem: Wenn man sich kurz fasse, sei es nicht so teuer. Besser sei es, sich anrufen zu lassen, statt selbst zu wählen, so Lehrs Eltern. Das sei noch billiger. Die monatliche Grundgebühr sei hoch genug.

Davon abgesehen, dass man nicht bequem sitzen konnte, nicht ordentlich schreiben konnte, starrte man permanent die Wand an – im Korridor gab's keine Fenster –, während man mit seinem Telefon-Gegenüber redete. Zudem gab es die Anweisung der Eltern, bei einem eingehenden Anruf und nach dem Abheben des Hörers, nicht den Familiennamen zu nennen, sondern nur die Rufnummer – ohne Vorwahl. Einzelne Ziffern: »5-4-3-2-1«.

Manche Anrufenden fragten, ob Lehrs noch alle Tassen im Schrank hätten. Jeder normale Mensch würde sich mindestens mit dem Zunamen melden, wenn nicht gar mit Vor- und Zunamen, damit der Anrufer gleich wisse, mit wem er es zu tun habe.

1978 zog Familie Lehr innerhalb Wittens um, weil nur noch Marlene und Thomas bei den Eltern lebten und die Situation mit den Vermietern unerträglich geworden war. Erstbezug, Neubau. Im Dachgeschoss. Der Korridor war kleiner als in der Altbauwohnung. Ohne Fenster. Lehrs Eltern entschieden sich dazu, einen grauen Wand-Telefonapparat mit Wählscheibe der Deutschen Bundespost fest montieren zu lassen. Für ein Telefon-Bänkchen war kein Platz. Zusatzhilfe für Telefonnotizen neben dem Telefon: ein Notizblock mit eingeklemmtem Kugelschreiber an einer Plastikspirale in Wandhalteroptik.

Kann sich Angst vererben? Sein Vater hatte Angst davor, überwacht zu werden. Telefonisch. In der BRD. Wir sprechen von den 1970er-Jahren. Helmut Schmidt, SPD, war Bundeskanzler.

Lehrs Eltern fuhren 1975, einen Tag nach dem Korridor-Telefonat, mit ihrem gelben Opel, Ascona A, 1,2 Liter, 60 PS, kein ABS, nach Münster. Direkt zu Veronikas Wohnung. Sie gratulierten ihr mit einem Blumenstrauß, Geld in einem Kuvert und fuhren gemeinsam in ein Lokal. Dort eröffnete Veronika ihnen, dass sie durch die Prüfung gerasselt sei. Komischerweise hatte Lehrs Mutter während des Telefonats etwas geahnt. Natürlich passte seinen Eltern nicht, dass sie belogen wurden. Veronika hätte im Lügen gute Noten bekommen. Auch ohne universitären Leistungsnachweis. Sie fing im Lokal damit an, lang und breit zu erklären, warum, wieso, weshalb sie das Examen nicht bestanden habe.

Ihre Eltern regten an, dass sie es noch einmal versuchen solle. Veronika meldete sich ein zweites Mal an und versiebte auch die zweite Prüfung.

Veronika machte nie ihr Examen für Lehramt an Realschulen. Sie jobbte weiter in Kneipen. War im Bereich

Aushilfe für schwererziehbare Jugendliche in Münster tätig. An einem Privatinstitut.

Clemens bekam mal eine Stelle im Baugewerbe. Die Firma führte Montagetätigkeiten im Münsterland aus. Während dieser Zeit – »auf Montage« – wohnte Clemens bei Veronika, die inzwischen eine andere Wohnung hatte. Gemeinsam gingen sie abends auf Sauftour. In Pinkus Müller-Kneipen. Mit ihren »Streifzügen um die Häuser« taten sie es Lehrs Vater gleich, der viel Kneipen- und Biersortenerfahrung hatte. Von Veronika stammte der Satz, den sie für Clemens prägte, ihn aber auch auf sich selbst anwenden konnte: »Mein Gott, manche Menschen müssen erst das letzte Kneipenfass ausgesoffen haben, bevor sie den Heimweg antreten.«

Marlene wohnte zeitweilig auch bei Veronika in Münster. Sie arbeitete phasenweise als Kindererzieherin. Zusätzlich jobbte sie in Kneipen. Eine gehörte dem homosexuellen Axel.

Die Kinder der Familie Lehr hatten allesamt große Abnabelungsprobleme vom Elternhaus. Thomas Lehr wohnte selbst Jahre später ein paar Wochen lang bei Veronika in Frankfurt. Aber er suchte intensiv nach einer Wohnung und fand sie innerhalb von fünf Wochen. Mit Bezug der Wohnung baute er sich kontinuierlich einen eigenen Freundeskreis auf. Lehr wollte unbedingt weg von schwererziehbaren, Frankfurter Großstadtjugendlichen, die sich auch privat in Veronikas Wohnung trafen, Alkoholisches dort tranken und kifften. Dieses Verhalten tat ihm nicht gut. Lehr wusste von einem Suizid-Fall. Lehr kannte den jungen Mann. Er gehörte zu diesem Kreis. Lehr selbst stammte aus einer Problemfamilie. Ihm schadeten die Kontakte. Zudem war er für sie als Abstinenzler ein Exot.

Neben ihren Kneipen-Jobs begann Veronika dann, sich im Bereich der Jugend-Arbeit in Münster umzusehen. Kinder aus zerrütteten Ehen. Uneheliche Kinder. Kinder mit schulischen Problemen. Kinder mit Drogen-Erfahrung. Nichtvolljährige mit Jugendstrafen.

Ohne einen universitären Abschluss heuerte Veronika bei einer Privatschule an und arbeitete dort. Erst aushilfsweise, später dann mit einem festen Vertrag. Weit unter dem Gehalt einer Realschullehrerin.

Veronika wechselte in den Folgejahren zu einem ähnlichen Arbeitgeber nach Frankfurt/Main. Kinder, die große schulische Probleme hatten. Jugendliche, die keinen Halt in Familien fanden. Es wurden unter anderem sogenannte »Freizeiten« veranstaltet. Veronika konnte aber nach einigen Jahren den Job dort nicht mehr ausüben, weil der Arbeitgeber zukünftig qualifizierte Kräfte wollte. Hieß also: mit Abschluss. Der Arbeitgeber sagte: »Entweder den (Fach)-Hochschulabschluss nachholen oder gehen!« Veronikas Argumentationskette versagte: »Ja, aber ich habe Erfahrung mit Jugendlichen in Münster. Ich habe ›Freizeiten‹ organisiert und erfolgreich durchgeführt. Ich erteilte nachmittags Schülernachhilfe in Frankfurt. Ich …« Veronika stand zunehmend unter Druck. Sie musste gehen; lebte eine Zeitlang auf Pump. Lehr hörte immer nur was von Schulden. Obwohl Veronika über Jahre eine Festanstellung hatte. Die 25.000 Deutsche Mark Erbe ihrer Patentante brachte sie innerhalb kürzester Zeit durch. Lehr konnte nie erkennen wofür. Einmal lieh sie sich von Lehr, der noch im Studium war und weitaus weniger Geld als sie zur Verfügung hatte, 50 Deutsche Mark. Es dauerte Monate, bis Lehr die 50 Deutsche Mark wiederbekam. Er musste seine Schwester immer wieder darauf hin ansprechen. Was ihm äußerst peinlich war. Dann hörte Lehr von Veronika selbst, dass ein guter Freund von ihr, dem sie einen dreistelligen Betrag schuldete, das Geld einfach per Zwangsabbuchung von ihrem Konto zurückholte. Veronika hatte das sehr empört.

»So ein guter Freund«, sagte sie, »dazu noch viel wohlhabender als ich. Dem tut das verliehene Geld nicht weh!« Lehr dachte nur: ›Das verliehene Geld hätte ich mir auch nach so vielen verstrichenen Monaten und etlichen Gesprächen wann, wie, wie viel – etwa noch in Raten? – zurückgeholt!‹

Während Veronikas Arbeitslosigkeit Ende der 1980er-Jahre und dem Leben auf Pump – Privatkredite aus dem Familien-, Bekannten- und Freundeskreis – bot ihr das Arbeitsamt Frankfurt eine Stelle als Arbeitsvermittlerin an. Doch als eine vom 68er-Geist Angehauchte schlug sie ein solch »spießiges« Angebot aus. Bei einem Staatsbetrieb anfangen? Dazu noch im Alter von 42 Jahren?

Aus Geldmangel wohnte Veronika mittlerweile in einer WG in Frankfurt-Bornheim. Fünf Köpfe. Zwei heterosexuelle Paare und sie. Gemeinsam mit einer Mitbewohnerin immatrikulierte sie sich für das Fach Rechtswissenschaften an der Frankfurter Universität. Sabine war Goldschmiedemeisterin und hatte vor Kurzem über den zweiten Bildungsweg das Abitur gemacht. Sabine wirkte auf Lehr disziplinierter als seine Stiefschwester. Zumal Sabine gezeigt hatte, dass sie ein berufliches Ziel konsequent verfolgen konnte und zum Abschluss kam – Goldschmiedemeisterin. Sabine hatte zudem mehrere Jahre als Festangestellte in ihrem Erstberuf gearbeitet. Nichtsdestotrotz war ein Studium der Rechtswissenschaften eine andere Nummer.

Lehr dachte spontan: ›Wenn das mal für seine Stiefschwester gut geht! Eine Frau, die das Studium Lehramt an Realschulen nicht schaffte und mehrmals durchs Examen rauschte, will Jura studieren. Da braucht man bestimmt mehr Disziplin, ein besseres Aufgabenmanagement, Arbeitsgeist und den nötigen Biss!‹

Aus einer guten Anfangs-Motivation heraus, besuchten beide gemeinsam Vorlesungen und Seminare. Doch in Frankfurt flogen anfangs der 1990er-Jahre die Blanko-Seminarscheine nicht durchs Treppenhaus wie in Münster. Schon gar nicht bei den Juristen. Diejenigen, die das Studium ernst nahmen, kamen pünktlich, hörten zu, schrieben mit, störten den Professor nicht, bereiteten sich in Tutorien, privaten Lernzirkeln und Bibliotheken auf ihre Klausuren vor.

Schon die erste, gemeinsame Jura-Hausarbeit der beiden Kommilitoninnen wurde ein Zeit-Desaster. Die Frauen kamen nicht in die Pötte. Stichwort: Disziplin. Zu guter Letzt wurde Lehr ad hoc per Telefonanruf an einem Sonntagabend – Festnetz, beige-grauer Telefonapparat der Deutschen Bundespost mit Wählscheibe – darum gebeten, mit seinem gebrauchten Opel Kadett C, Stufenheck, 1,2 Liter Hubraum, 52 PS, 155 SR 13-Gürtelreifen, Zweitürer, karminrot, ohne Airbag, die Hausarbeit zur Privatadresse des Dozenten am anderen Ende der Stadt zu fahren. Das war die Deadline für die Abgabe. Wie er solche Hauruck-Aktionen hasste. Er hasste sie bis heute.

Lehr war am 1. April 1985 von Frankfurt-Bornheim nach Frankfurt-Bockenheim umgezogen. Dachgeschoss. Altbau. 90 Treppenstufen. Fürs obere Stockwerk aus Stein, da im Zweiten Weltkrieg ausgebombt und wieder aufgebaut. Die anderen Stufen aus Holz. 1 1/2 Zimmer. 1 Küche, 1 Diele, 1 Bad. 48,4 Quadratmeter. Barackenklima. Monatlicher Mietzins: 320 Deutsche Mark. Monatliche Betriebskosten: 40 Deutsche Mark. Nur im »Wohnzimmer« gab es einen Gasofen mit sieben kW Leistung. Die anderen Zimmer hatten von Vermieterseite aus keine Heizkörper. Lehr benutzte in der Küche einen Heizlüfter. Im Bad hatte er einen Heizstrahler montiert.

Am 26. April 1978 schrieb der Vermieter einen Brief an Lehr im Betreff: »Angleichung der Miete an den Mietspiegel«. Ab 1. Juli 1978 zahlte Lehr 345 Deutsche Mark, kalt.

Von Bockenheimer Wohnung aus startete er nach Frankfurt-Bornheim – zur WG. Von Frankfurt-Bornheim ging es weiter nach Frankfurt-Sachsenhausen. Dort warf Lehr die Hausarbeit in den Briefkasten. Weder die eine noch die andere Frau erhielt einen Leistungsnachweis dafür. Die Arbeit genügte den Anforderungen nicht.

Angeblich wegen Finanzierungsproblemen exmatrikulierten sich beide Frauen mit Ende des zweiten Semesters.

In der WG wurde gekifft und Bier gesoffen. So wie zuvor, als Veronika als Single in Frankfurt/Main lebte. Sie machte praktisch ihre Privatwohnung zum Ersatz-Jugendhaus. Lehr, der zuweilen zu Besuch war, fragte mal, warum es so süßlich rieche. Die Leute würden doch nur normale Zigaretten rauchen. Die Jugendlichen grinsten so komisch. Bis Lehr dann sah, dass viele etwas länger mit der Präparation eines Glimmstängels brauchten. Einige stopften und kneteten die Selbstgedrehten länger als sonst. Andere steckten in Fabrikzigaretten, die aus Marken-Verpackungen stammten, etwas hinein. Erst dann zündeten sie sie an – und zogen länger und tiefer an ihnen. Lehrs emotionale Bindung zu Veronika verblasste. Auch deshalb, weil Veronika Camel rauchte. Annähernd 40 Zigaretten pro Tag. Später Gauloises, Roth-Händle. Lehr lehnte den Konsum von Alkohol, Nikotin und anderer Drogen strikt ab.

Veronika erkannte zunehmend, dass sie ohne qualifizierten Ausbildungsabschluss keine Chancen auf eine Festanstellung im Bereich Jungendarbeit, Nachhilfe hatte. Da nützten selbst die Referenzen ihrer früheren Arbeitgeber nichts. Und für andere Berufszweige war sie nicht qualifiziert. Sie erfuhr, dass man an der Fachhochschule Frankfurt ohne vorhergehendes Studium eine externe Prüfung im Fachbereich Sozialarbeit ablegen konnte. Die Voraussetzungen dazu wären bei ihr gegeben. Natürlich mit zuvor eingereichter schriftlicher Arbeit. Veronika verfasste ihre Diplomarbeit, Lehr las hin und wieder einige Kapitel, gab ihr dazu ein Feedback und half ihr bei der Recherche in Bibliotheken. Veronika reichte ihre Arbeit fristgerecht ein, schrieb Klausuren, nahm an mündlichen Prüfungen teil und erhielt ihr FH-Diplom. Im Alter von 44 Jahren.

Lehrs Schwester Marlene wurde 1953 geboren und besuchte die Volksschule in Niedersfeld. Fräulein Grewen war Marlenes Lieblingslehrerin. An verschiedenen Tagen musste Marlene auf Anweisung ihrer Mutter zu Frau Grewens Haus in einer Nachbarstraße gehen und ihr sagen, dass ihr Vater sofort nach Hause kommen solle.

Zum Zeitpunkt des Umzugs von Lehrs Familie war Marlene 15 Jahre alt und hatte die Hauptschule mit dem neunten Schuljahr abgeschlossen. Seinerzeit gab es nur 9 Klassen in der Hauptschule. Um die Mittlere Reife zu erlangen, besuchte Marlene in Witten eine weiterführende Schule. Das Lernen fiel ihr schwer.

Im Anschluss wollte sie Säuglingsschwester werden. Das war mit großen Schwierigkeiten verbunden, weil Marlenes schwache Leistungen durch ihr Abschlusszeugnis ausgewiesen wurden. In Münster war sie. In einer Klinik. Lehrs Eltern fuhren mit Marlene im hellblauen, zweitürigen Opel Kadett B dorthin, um sich zu informieren. In Münster wäre die Ausbildung möglich gewesen, die sie sich vorgestellt hatte. Nach Lehrs Kenntnisstand konnte man die Lehre genauso gut im Ruhrgebiet machen. Marlene musste diverse schriftliche Tests durchlaufen, Gespräche in der

Klinik führen. Später erhielt sie eine Absage. Sie war sehr enttäuscht. Ebenso ihre Eltern.

Hatten diese doch vorgesehen: Die Söhne Ärzte, die Töchter Lehrerinnen.

Marlene versuchte dann, eine Ausbildungsstelle als normale Krankenschwester zu bekommen. Das misslang. Sie trat eine Lehre als Orthopädie-Fachfrau an. Allerdings brach sie die Ausbildung ab. Sie kam mit dem Lehrherrn nicht zurecht. Schlussendlich begann sie eine Ausbildung als Apothekenhelferin in Witten. Unter großen Mühen. Lehrs Vater redete immer wieder auf sie ein, dass der Chef ihr nichts zu sagen habe.

Einmal, als Lehrs Vater Marlene von der Apotheke abholte, warf sein Vater ihrem Chef an den Kopf, dass er ein »Geschäft« betreibe und keine »Apotheke«. Das erzürnte den Chef und er rächte sich an Marlene. Sie bestand die Prüfung als Apothekenhelferin nur mit Ach und Krach. Im Anschluss wurde sie nicht übernommen.

Marlene war fortan arbeitslos und lebte weiter bei Lehrs Eltern. Sie wollte den Beruf als Apothekenhelferin nicht ausüben. Die Berufsfindungsprozesse quälten sie. Sie begann viele Monate später eine Umschulung als Kindererzieherin. Mit dem Segen des Arbeitsamtes. Später machte sie ihr Anerkennungsjahr in Xanten. Von dort holte Lehr sie mit seinem gebrauchten, adriablauen VW Käfer, 34 PS, mehrmals ab und brachte sie wieder hin, denn sie besaß keinen Führerschein. Marlene war wegen ihrer Ausbildung und den damit verbundenen emotionalen Belastungen todunglücklich. Mit der Situation und dem Anerkennungsjahr. Zudem hatte sie eine Wohnung ohne Tapeten in Xanten gemietet. Der Putz war an der Wand zu sehen. Keine Farbe, kein Kalk. Dabei war das Haus höchstens drei Jahre alt. Die Eigentümer, die im selben Haus wohnten, hatten einfach keine Lust,

Tapeten anzubringen und vermieteten in diesem Zustand. Lehrs Eltern überredeten Marlene dazu, die Wohnung zu mieten. Es sei ja nur vorübergehend. Marlene litt unter diesem Zustand.

Lehr besuchte ab 1969 ein Gymnasium in Witten. Die Quinta. Aber nur ein Schuljahr lang. Seine Noten waren derart schlecht, dass er nicht versetzt wurde. Seine Klassenlehrerin legte ihm nahe, die Schule zu verlassen. Eine Wiederholung des Schuljahrs empfahl sie nicht. Obwohl das theoretisch möglich gewesen wäre.

Lehrs Vater riet ihm im Vorfeld, am Tag der Zeugnisvergabe nicht in der Schule zu erscheinen. Er solle fernbleiben. Man gehe nicht mehr am letzten Tag in eine solche Schule, wenn man ein Abgangszeugnis erhielte. Dieser Rat war Lehr unverständlich. Hatte er nicht als Schüler die Pflicht und Schuldigkeit, auch am letzten Tag anwesend zu sein? Präsenz zu zeigen? Gerade am letzten Tag, um erhobenen Hauptes sein Abgangszeugnis in Empfang zu nehmen!? Als Sohn eines Hauptschullehrers?

»Das Sekretariat wird uns das Zeugnis schon zuschicken; oder wir holen es später ab«, sagte sein Vater. Lehr war plötzlich in einem Konflikt. Er hatte sich gefühlsmäßig auf diesen letzten Tag eingestellt und war wie selbstverständlich davon ausgegangen, sein Zeugnis am letzten Tag des Schuljahres in Empfang zu nehmen. Von seiner Klassenlehrerin, die das Fach Deutsch unterrichtete. Vor allem war Lehr wichtig, alle seine Mitschülerinnen und Mitschüler noch einmal zu sehen. Sich zu verabschieden. Nicht einfach so sang- und klanglos fernzubleiben. Immerhin waren einige Jungs Messdiener wie er. In derselben Gemeinde. Er würde sie auf jeden Fall dort wiedersehen. Mit dem einen oder anderen hatte er privat Kontakt. Er war bei ihm zu Hause gewesen. Hatte dort mit ihm gespielt. Wie sollte er sich dann ihnen gegenüber verhalten? Sollte er ihnen sagen: »... Mein Vater, der einmal Schulleiter war, hat mir die Anweisung gegeben, am letzten Schultag zu Hause zu bleiben ...?« Oder sollte er gar lügen? War die Empfehlung seines Vaters dessen alkoholkrankem Gehirn entsprungen?

Lehr fuhr gegen den väterlichen Rat mit der Straßenbahn zur Schule. Aus Trotz. Er war am Morgen mehrfach zur Toilette gegangen. Sein Darm arbeitete schneller als sonst. Der Hinweis seines Vaters war für ihn keine Hilfe. Erkannte sein Vater nicht, dass es für Lehr wichtig war, in dieser Gemeinschaft seiner Mitschüler zu sein?! Sein Name wurde aufgerufen. Er ging nach vorne zur Lehrerin. Sie gab ihm das Dokument. Er schaute kurz darauf, ging dann auf seinen Platz. Beim nochmaligen Blick auf das Zeugnis sah er, dass sich Frau Schreiber beim Ausfüllen keine Mühe gegeben hatte. Nur Striche, ohne Lineal, lässig Freihand gezogen, durchkreuzten die Felder, die nicht mit Noten versehen worden waren, weil – in der Quinta – diesbezüglich kein Unterricht stattfand. Noch nie hatte Lehr ein so liederlich ausgestelltes Zeugnis erhalten. Schaute er sich Versetzungszeugnisse an, sah er, dass die Felder mit einem Lineal-Strich, sauber, ordentlich und waagerecht durchgestrichen waren.

Lehr fuhr mit dem Zeugnis zu seinen Eltern. In der Straßenbahn sitzend ließ er seine Gedanken treiben ... ein Dia flackerte auf, das dann langsam in seinen Konturen schärfer wurde: An einem Tag im Herbst 1968 war Lehr auf dem Nachhauseweg vom Gymnasium in Winterberg. Er legte die Strecke von der Bushaltestelle in Niedersfeld bis zur Dorfschule zu Fuß zurück. An der Stirnseite seiner

Geburtsschule hing an einem Klassenzimmerfenster des Erdgeschosses ein grauer Rock aus glattem Stoff. An einem Kleiderbügel. Lehr ging näher, um beides zu inspizieren. Tatsächlich, ein eleganter, grauer Damenrock, hinten mit einem in der Mitte senkrecht kaum sichtbar eingefassten Reißverschluss – zeitlos modern. Nicht verschmutzt.

Der Rock gehörte seiner Mutter. Aber wieso hing er an dieser Fensterbank? Lehr schaute hoch. Im Obergeschoss stand das Schlafzimmerfenster seiner Eltern offen.

Lehr war durcheinander. Zu Hause angekommen erzählte er seiner Mutter davon. »Das ist mein Rock«, sagte sie, »nach dem Bügeln sollte er draußen auslüften und glatt bleiben«. Dann schaute sie im Schlafzimmer nach. Als sie bei geöffnetem Fenster sah, dass ihr Rock nicht mehr dort hing, dann nach unten schaute und ihn entdeckte, bat sie Lehr darum, den Rock heraufzuholen. Sobald er mit dem Kleidungsstück oben angekommen war, erklärte sie ihrem Sohn, dass möglicherweise ein Windstoß den Rock heruntergerissen hatte.

Verstehen konnte er nicht, wieso ein fliegender Rock punktgenau am Haken des Kleiderbügels hängend auf der Fensterbank eines Klassenzimmerfensters landen konnte.

Jemand musste im Vorbeigehen den Rock auf der Erde liegen gesehen haben. Die Person hatte ihn offensichtlich an die Fensterbank gehängt, damit er nicht im Schmutz lag und besser gesehen wurde. Wer den Rock aufgehoben und hingehängt hatte, wurde nie bekannt … das Dia verflackerte.

Rückblickend war der Umzug ein traumatischer Vorfall. Lehr war dadurch wie gelähmt. Vor allem musste er als Schüler in der höheren Schule weiterkommen. Die Anforderungen wuchsen. Er sollte Arzt werden. So die

Marschrichtung vornehmlich seiner Mutter. Lehrs Onkel – Bruder der Mutter – hatte vier Arztsöhne, ergo sollten die Lehr'schen Söhne auch Ärzte werden. Oder lag der Umzug in den Ferien? Kann auch sein. Wer von den Dorfbewohnern hatte der Lehrerfamilie geholfen? Gab es andere Außenstehende? Er konnte sich an niemanden erinnern. Lehrs waren mal wieder unter sich, was auch daran lag, dass sie in Niedersfeld nie willkommen waren, sie sich nicht integrieren konnten – oder wollten.

Lehrs Onkel Hans schüttelte damals den Kopf, weil fünf Personen der Lehr'schen Familie dabei halfen, den Möbelwagen zu füllen. »Das überlasst man den Umzugsleuten der Firma! Dafür werden sie bezahlt!« Lehr grüßte durch Winken Monate später einen der Möbelpacker auf der Straße in Witten, als sie im Familienauto an einer rotgeschalteten Ampel warten mussten. Der Möbelpacker kehrte in Kleidung der Stadtreinigung die Straße. Das fand Lehr komisch, denn er hatte den Herrn als Angestellten der Umzugsfirma im Hirn abgespeichert. Lehrs Gruß an den Ex-Mitarbeiter wurde nicht erwidert. Der Mann drehte sich verlegen weg – riss damit den Blickkontakt ab; so, als sei diese nonverbale Kommunikation ein Missverständnis. Als habe Lehr sich geirrt. Aber Lehr war sich seiner Erinnerung sicher. Und auch seine Familie bestätigte, dass es ein Möbelpacker vom Umzug war.

Lehr wurde später erklärt, dass es Menschen gab, die nur hier und da jobbten. Ihm wurde erklärt, dass es Menschen gab, die nicht ihr Leben lang nur einen Beruf ausübten. Und das in den 1970er-Jahren der Bundesrepublik Deutschland. Heute als Möbelpacker, morgen als Straßenkehrer, übermorgen als Taxifahrer.

Solche Menschen kannte Lehr von Niedersfeld nicht. Offenbar erschloss sich für Lehr durch solch neue Erfahrungen langsam die Großstadt.

Welche mühsamen Schritte er gehen musste. Welche Schritte er ging. Welche Angst er vor der großen Stadt, dem Verkehr, den Menschen hatte. Wem konnte er vertrauen? Würde er gute Freunde finden? Und wie entwickelte sich das Verhältnis zu den Verwandten?

Schlecht.

Clemens mit seinen gebrauchten, häufig defekten Autos, die Onkel Hans in seiner Wittener Dreherei teilweise herrichten musste. Bodenbleche schweißen, Bremstrommeln ausdrehen, neue Kupplung einbauen. Und Lehrs Vater übte auf Onkel Hans immer Druck aus: »Der soll mal dies und das machen – ist schließlich Verwandtschaft.«

Lehr glaubt noch heute zu spüren, dass der Patenonkel und die Patentante nicht darüber erfreut waren, einen untreuen Schwager in ihrer unmittelbaren Nähe zu haben. Dazu dessen

Alkoholprobleme und die seines älteren Sohns. Als Lehrs Vater trocken wurde, begann Clemens damit, »nass« zu werden.

Während der Umzugsphase stand ein Bett im Korridor der alten Wohnung. An dem Abend ging Thomas Lehr früh in dem Bett schlafen. Plötzlich wachte er im Dunkeln auf, weil seine Hand von einer anderen Hand umschlossen wurde. Er erschrak. Kurz darauf hörte er Clemens Stimme aus nächster Nähe: »Ich hab' Deine Hand!« Sein Bruder beruhigte ihn sogleich – er solle weiterschlafen. Lehr tastete mit seiner anderen Hand über das Bettlaken. Clemens lag augenscheinlich umgekehrt mit ihm im Bett. Wegen akutem Platzmangel, wie Lehr am nächsten Tag erfuhr. Offenbar gab es einen Planungsfehler beim Umzug, der dazu führte, dass Clemens im selben Bett wie Lehr schlafen musste.

Der Vater war während dieser Zeit im Krankenhaus in Korbach. Ein Umzug sei zu strapaziös, zu aufreibend, hatte der Leberspezialist Dr. Reinsch seinerzeit gesagt. In dieser Phase verabschiedete sich Lehr innerlich vom vermeintlich starken, gesunden Vater.

Das war kein kleiner Umzug – etwa in ein anderes Dorf in 15 Kilometer Entfernung. Es war Thomas Lehrs erster Umzug überhaupt. Ein Wohnortswechsel für immer, mehr als 100 Kilometer von seinem Geburtsort entfernt. In die Geburtsstadt seiner Mutter: Witten. Nicht in die seines Vaters, nach Essen. Aus einer Wohnung mit 120 Quadratmetern in eine Stadtwohnung mit 80. Und – für die Schwestern – ein kleines Mansardenzimmer im Dachgeschoss, weil in der Hauptwohnung kein Platz für sie war.

»Sie kommen eher nach Ihrer Mutter als nach Ihrem Vater«, sagte Herr Linder 2009 zu Lehr. Sie redeten. Über Lehrs Eltern, über das Dorf, die Menschen dort. Das Schützenfest. Das fand zum Vogelschießen »Im Stein« statt. In diesem Waldstück standen auch fahrbare Ausschankbuden für Bier und Schnaps. Und Buden mit Süßigkeiten, Grillwürstchen, Limonaden, wie man sie vom Jahrmarkt her kennt.

Nach der Schießaktion gab es einen Festzug durchs Dorf mit dem Ziel Schützenhalle. Dort wurde Livemusik gespielt, getanzt, gegessen und getrunken.

Während der Festivitäten gab es hinter vorgehaltener Hand die Anregung, am Vogel vorbeizuschießen, weil das sonst teuer sei: Derjenige, der den Rest des Vogels abschoss, wurde König und musste die Feier bezahlen. Das wusste Lehr als Kind nicht. Lehr ging davon aus, dass jeder Schütze nur eins im Sinn hatte: Exakt auf den Vogel zu schießen, ihn zu treffen und Schützenkönig zu werden.

Allerdings muss man auch sagen, dass die Zeit nach dem Zweiten Weltkrieg für manchen Ex-Soldaten sehr schwierig war. Durch das viele Schießen im Krieg – mit dem Ziel, Menschen zu töten – war es ihnen verleidet, überhaupt eine Handfeuerwaffe zu benutzen, und sei es nur, um mit scharfer Munition und Kleinkaliber-Gewehren auf einen Holzvogel zu schießen.

Herr Linder war bereits Schützenkönig gewesen. Das erzählte er Lehr. Ab einer bestimmten beruflichen Position im Dorf, war es Pflicht, Schützenkönig und Schützenkönigin zu sein. Herr Linder war Diakon. Da kam auch ein Schulleiter nicht daran vorbei, irgendwann den Holzvogel abzuschießen. Normalerweise. Seine Eltern waren nie ein Schützenkönigs-paar gewesen. Und das innerhalb des Dorf-Wohn-Zeitraums 1951 bis 1969. Zu einer guten Integration gehörte – ebenso für einen Dorfschullehrer und dessen Ehefrau – als Schützen-könig und Schützenkönigin in die Annalen des Dorfes einzugehen. Es wäre ein leichterer Stand für Lehrs Eltern und seine Geschwister im Dorf gewesen.

Nach Einschätzung Herrn Linders waren seine Eltern keine Niedersfelder und sie wurden es nie. Stichwort: Networking. Sie verstanden nicht, dass das für ein Menschen-leben wichtig war. Fast niemand lebte über Jahrzehnte allein auf einer Insel. Selbst Robinson Crusoe hatte Freitag.

Herr Linder erwähnte von sich aus, dass Lehrs Eltern samt Familie in Winterberg einkauften. Zum Beispiel Lebensmittel. Oder in Olsberg. Und dieses einkäuferische Fremdgehen wurde im Dorf gar nicht gern gesehen. Lehrs Mutter begründete das familienintern immer damit, dass es in Winterberger und Olsberger Geschäften bessere Mode gäbe. Zudem sei die Auswahl an Lebensmittel in den

Supermärkten wesentlich größer. Niedersfeld hatte lediglich einen Krämerladen.

Lehr verstand heute eher, warum an seinem Gefühlskostüm manche Naht fehlte.

Warum hatten seine Eltern sich nicht integriert oder integrieren wollen? In diesem Dorf mit damals 1.200 Einwohnern? Lehrs Mutter sagte häufiger über seinen Vater, dass er undiplomatisch sei. Man stelle sich einen Hauptlehrer vor, der undiplomatisch ist! In der freien Wirtschaft hätte man einen Mann in vergleichbarer Position gefeuert. Nein, er hätte den Posten nicht bekommen. Und Herr Linder sagte 2009, dass er den Lehr'schen Humor des Vaters nie verstanden habe.

Konnte ein nasser Alkoholkranker überhaupt diplomatisch sein? Alkoholiker konnten superlustig sein! Besoffen und nüchtern. Die Krankheit wirkte destruktiv: seelisch, geistig und körperlich.

Gestern Abend, 11. August 2010, kam es neben der Geschirrspülmaschine zwischen Lehr und seiner Frau zu einem schweren Disput. Dieser regte ihn fürchterlich auf. Angefangen hatte es mit Lehrs Schilderungen im privaten Rahmen zum Thema Clemens und dessen Knast-Aufenthalt in Bielefeld. Er meinte, sich daran zu erinnern, dass sein Bruder in Bielefeld einsaß. Und nicht in Berlin, Köln oder München.

Erzählen durften Lehrs niemandem davon. Ein weiteres Familiengeheimnis. Lehr schilderte seiner Frau gestern, dass seine Eltern ihn dazu verpflichtet hatten, Clemens im Knast zu besuchen. Leitsatz: »Wir dürfen den Jungen jetzt nicht hängen lassen!«

Man könnte auch schreiben: Lehr wurde *verdonnert*. Damals fuhr er einen gebrauchten adria-blauen VW Käfer. Mit 1200 cm³ und 34 PS. 3-Punkt-Sicherheits-Automatikgurte, hydraulisches Zweikreisbremssystem, beide Vordersitze mit jeweils unverstellbarer, integrierter Kopfstütze. Es war das VW-Modell 1300. Serienmäßig mit breiten Chrom-Stoßstangen. Innen mit schwarzem Armaturenbrettpolster. Teppichboden. Die Erstausstattung hatte einen 44-PS-Motor gehabt. Nun war ein gebrauchter Motor mit 34 PS darin, weil der Ursprungsmotor den Geist aufgegeben hatte. Lehr hatte den blauen Käfer mit kaputtem Motor gekauft – so stand es im Kaufvertrag – und später die Maschine aus seinem Unfall-Käfer eingebaut.

Wie lange war Lehrs Bruder im Knast? Mehrere Monate. Den genauen Zeitraum hatte Lehr verdrängt. So lebte er gesünder. Heute.

Warum war sein Bruder im Knast? Wiederholt fuhr Clemens ohne Führerschein und besoffen mit seinem Auto. Die Polizei kontrollierte ihn nachts. Sein Bruder musste das Auto auf dem Autobahnparkplatz Nähe Münster/Westf. stehen lassen. Schlüssel abgeben. Taxi fahren.

»Du darfst Deinen Bruder nicht hängen lassen! Nur wenn die Familie ihn besucht, kommt er auch mal für einen Cafébesuch ein paar Stunden aus dem Knast!«, sagte Lehrs Mutter.

Seine Eltern übten massiv Druck aus. Das Verhältnis zu Clemens war nicht das Beste. Clemens lieh sich auch von Lehr immer wieder Geld. Für Bier, Schnaps, Zigaretten. Für Zechgelage in Kneipen, für Bordellbesuche. Einmal, abends, rief Clemens aus der Kneipe bei der Stammfamilie an. Lehrs Mutter nahm den Hörer ab. Clemens verlangte nach Lehr.

Clemens lallte im Rausch: »… Alter, hör mir bitte mal gut zu … ich hab hier Probleme mit zwei Kumpeln … die wollen mich beide zusammenschlagen ... ich hab denen gesagt, dass ich dich jetzt anrufe, du vorbeikommst und mich unterstützt ... denen zeigen wir's ...! Du ziehst deine schwarze Lederjacke an, dann siehst du breiter aus ... und dann kommst du vorbei ... Alter, du darfst deinen Bruder jetzt nicht hängen lassen ...!«

Lehr schluckte nervös. Rang nach Worten. Lehr hasste Gewalt. Und Gewalt unter besoffenen, unberechenbaren Männern noch mehr. Bilder an Kneipengänge für seinen Vater stiegen in Lehr hoch. Als er ein Kind war, als er Bier und Schnaps in Kneipen kaufen musste. Auf Befehl des Vaters. Die besoffenen, krakeelenden Männer am Tresen.

Lehr zögerte am Telefon.

»... bisse noch da ...?«, stieß Clemens aus. »Worauf wartest du? Du ziehst Deine schwarze Lederjacke an, dann wirkste breiter, schwingst dich ins Auto und hilfst mir hier. Bitte!«

»Und wenn die zwei stärker sind als wir?«

»... Ach was, Alter, wenn wir beide hier sind, du und ich, wir zwei beide, wir Brüder, verstehste ... denen zeigen wir's ... also, was is ... enttäusch mich nich, Alter ...!«

Lehr hörte, wir Clemens einen Lungenzug aus seiner brennenden Zigarette nahm und den Rauch wieder ausblies.

»... Und wenn die Polizei kommt ...?«, fragte Lehr.

»Ach, was, das is ne Sache unter Männern. Verstehste, Alter. Nix Polizei. Die hat sich rauszuhalten.«

»Ich weiß nich, ich kann die Situation nicht einschätzen. Ich kenn auch die Männer nicht. Deine Kumpel.«

»Hör ma, du kanns mich jezz hier nich hängen lassen. Du bist mein Bruder! Allein pack ich die zwei nich.«

»Ich hab mich noch nie geprügelt. Ich hab Angst!«

»... Mensch, Junge ... ich bin dein Bruder. Wenn du in so ner Situation wärst, würd ich sofort kommen!«

Lehr dachte an seinen besoffenen Bruder. Dieser war oft so betrunken, dass er nicht mehr gehen konnte. Er musste mehrere Stunden lang seinen Rausch ausschlafen.

Und in einem solchen Zustand hätte Clemens Lehr bestimmt sofort geholfen?!

»Alter, was überlegste denn so lange? Die Jungs hier warten nich ewig. Ich hab denen schon gesagt, dass du gleich vorbeikommst, und dann zeigen wir denen, wo der Hammer hängt!«

»Ich überleg's mir, ja?«

»Hör ma, was gibt's da zu überlegen? Ich bin dein Bruder. Du kannst mich hier nicht hängen lassen. Zusammen packen wir die. Ich bin ganz sicher. Du weißt, dass ich schon öfter in Kneipen gewonnen habe. Gegen einen. Aber zwei gegen einen ist eh feige. Deswegen, Alter, komm schnell vorbei, überleg nich ers ... denk dran: Ich bin dein Bruder!«

»Ich muss erst nachdenken. Du kannst ja noch mal anrufen.«

»Das gib's nich. Hör ma, die zwei warten hier nich. Wie steh ich jetzt da? Ich hab denen gesagt, dass du mein Bruder bist und mir hilfst.«

»Ich kann das nicht. Ich habe mich nie geprügelt. – Außerdem könnte ich verletzt werden. Vielleicht haben die Messer dabei? Oder Pistolen?«

»Die haben nix dabei. Wir regeln das mit Fäusten. Großes Männerehrenwort. Schuss- und Stichwaffen sind nicht erlaubt. Auch keine Schlagringe.«

»Vielleicht lässt sich das mit Worten da klären?«

»Hör ma, ich würd dich nich anrufen, wenn ich nicht schon versucht hätte, mit denen zu diskutieren. Wir sitzen hier schon ein paar Stunden. Jetzt geht nix mehr. Wir klären das wie Männer. Mit Fäusten.«

»Versuch das doch noch mal mit Worten. Das klappt bestimmt. Wenn das deine Kumpel sind. Wenn's nicht klappt, kannst du ja noch mal anrufen. Vielleicht kann ich dir dann Tipps für die Argumentation geben.«

Clemens zog an der Zigarette, stieß den Rauch aus.

»Scheiße, dann leck mich …« Clemens legte auf.

Lehr hörte das kurze »Tut-Tut«-Signal in der Leitung.

Lehr musste schlucken. Er legte den Hörer auf. Verharrte eine Weile vorm Telefon. Würde Clemens noch mal anrufen? Jetzt? Sollte Lehr losfahren? Jetzt? Was würden sie mit Clemens anstellen? Würde es schlimmer enden als damals? Damals, als ein Anruf kam und Lehrs Mutter ihn entgegennahm: »Hier ist das Marienhospital, Kranich am Apparat, ihr Sohn Clemens wurde am Arm operiert, eine Schnittwunde von einem Messer. Eine Schlägerei in der Kneipe. Der Krankenwagen hat ihren Sohn hierhergebracht. Wenn Sie möchten, können Sie ihn besuchen. Er ist jetzt auch wieder nüchtern. Die Polizei hat alles aufgenommen. Ihr Sohn wurde angezeigt. Wegen Körperverletzung.«

»Was wollte Clemens denn?«, fragte Lehrs Mutter. »Der ist schon wieder in der Kneipe und total besoffen.«

»Er wollte von mir wissen, ob ich ihm die Santana-LP auf eine Kassette überspielen kann«, antwortete Lehr.

»Ach, so.«

Zudem hatte Lehr noch nie zuvor jemanden im Knast besucht. Mit seinen Freunden konnte er nicht darüber sprechen. Denn: Was würden sie von Lehr denken? Würden sie sich von ihm zurückziehen? Wer wollte mit einer Familie zu tun haben, in der es Menschen gab, die alkoholkrank waren, die sich zusätzlich strafbar gemacht hatten und im Knast saßen?

Mit einem mulmigen Gefühl fuhr Lehr an einem Samstag im August 1980 von Witten nach Bielefeld. Zu der Zeit wohnte Lehr bei seinen Eltern. Als letztes der vier Kinder.

Sein Bruder befand sich im »Offenen Vollzug«. An Werktagen wurde er unter Aufsicht gemeinsam mit anderen Mithäftlingen von einem Firmenkleintransporter abgeholt, um in einer Produktionsfirma zu arbeiten. Für geringen Lohn.

Man stelle sich vor: Der älteste Sohn aus – formal – gutem katholischem Hause, beide Elternteile Lehrer, im Knast.

Es gab extra Besucher-Parkplätze vor der Anstalt. Lehr stieg aus und ging auf den mit Panzerglas-Scheiben versehenen Eingangsbereich zu. »Guten Tag, ich bin der Bruder von Clemens Lehr, hier ist mein Personalausweis.«

Das Dokument wurde angeschaut und der Uniformierte notierte etwas. »Ich gebe Ihrem Bruder Bescheid, bitte nehmen Sie solange dort Platz.«

Die Zeitspanne des Freigangs für die Gefangenen war auf zwei Stunden festgelegt. Und Pünktlichkeit war oberstes Gebot. Lehr begrüßte seinen Bruder mit Handschlag. Sie gingen zum Auto, stiegen ein und Lehr ließ sich von seinem Bruder zu einer Gaststätte lotsen. Der Bruder wusste, wo man hinfahren konnte. Seine Mitinsassen hatten ihm Tage zuvor den Weg beschrieben.

Lehr hatte mit Beginn seiner Fahrt von Witten aus immer größere Angst, dass Clemens in der Gaststätte alkoholische Getränke konsumieren würde. Für Thomas – erwachsener Sohn eines alkoholkranken Vaters – nahm diese Co-Abhängigkeit dramatische Züge an. Man unterlag automatisch einem Kontrollzwang. Man übernahm oft unbewusst die Verantwortung und die Schuld für die Handlungsweisen des Alkoholkranken. Zudem musste Lehr die Getränke bezahlen. Und Clemens blieb weiterhin alkoholkrank. Im Gefängnis durfte nichts Alkoholisches konsumiert werden. Dort wurden regelmäßig Alkoholkontrollen durchgeführt und derjenige, der erwischt wurde, wurde unmittelbar in den geschlossenen Vollzug verlegt. Das wäre zudem für Clemens das Ende seiner werktätigen Arbeit außerhalb gewesen.

Würde Clemens die Situation in der Gaststätte ausnutzen? Lehrs Eltern hatten gehofft, dass Clemens durch die Monate in der Haftanstalt dem Alkohol endlich entsagen würde.

Beide hatten Coca-Cola bestellt und tranken sie, an einem Tisch sitzend.

»Knast ist scheiße!«, sagte Clemens.

Lehr überlegte, ob das Wirtshausehepaar beiden ansah, dass es sich um Knast-»Ausflügler« handelte. Oder auch andere Gäste im Lokal. Es kamen an Wochenenden bestimmt viele solcher »Paare« hierher. Lehr schämte sich für seinen Bruder. So wie er sich geschämt hatte, als dieser vor Gericht stand und verurteilt worden war. Lehrs bester Freund erfuhr durch einen öffentlichen Aushang beim Amtsgericht davon.

Lehr schämte sich dafür, dass sein Bruder keinen Führerschein mehr hatte. Das hatte für Lehr weitere Konsequenzen, denn seine Eltern sagten: »Taxifahrten sind teuer. Du musst ihn abholen!« Lehrs Eltern wollten unbedingt, dass Clemens sonntagsmittags zum Essen bei der Stammfamilie war. Dort rationierten Lehrs Eltern den Bierkonsum, in dem sie die gekaufte Kiste Bier in ihrem Schlafzimmer deponierten und Lehrs Vater daraus erst mal eine Flasche zum Mittagessen reichte.

Die war schnell leer gezogen.

»… Krieg ich noch 'ne Flasche?«

»Die eine muss doch vorm Essen reichen!«

»Ich hab aber noch Durst! – Jetzt!«

Die zweite Flasche wurde geholt, geöffnet und auf den Tisch gestellt.

»Zwei Flaschen sind nix!«, sagte Clemens. »Stellt gleich noch eine hin!«

Sie stritten sich um den Nachschub. Clemens drohte damit, das Essen zu boykottieren, sofort ein Taxi zu bestellen, um in seine Stammkneipe zu fahren, und sich dort aus Frust zu besaufen. Dann aber gleich mit härteren »Sachen«: Asbach-Cola.

Lehrs Vater, in den 1970er-Jahren trockener Alkoholiker, war durch diese Handlungen in einer anderen Weise co-abhängig. Er gab das Bier-Zepter in Form von Flaschen weiter.

Wenn Lehr Clemens nach dem Mittagstisch nach Hause fuhr, bat ihn Clemens oft, am Kiosk Station zu machen: »Ich brauche noch Zigaretten. Kannst du mir 20 Mark leihen? Ich bin gerade etwas klamm.«

Lehr hasste diesen Kiosk und die Frage nach Geld. Clemens war sein Bruder. Was hatte sein sieben Jahre älterer Bruder nicht alles für ihn getan?

Lehr wollte Clemens kein Geld leihen, tat es aber doch. Intuitiv spürte Lehr, dass das mit dem Alkoholkonsum und Clemens' Gesundheitszustand schlecht entwickelte. Ärzte hatten Clemens mehrfach gesagt, dass seine Leber »angegriffen« sei. Zu der Zeit kannte Lehr die anonymen 12-Schritte-Gruppen noch nicht, die es bereits in Deutschland gab.

Clemens kam mit einer Plastiktüte vom Kiosk zurück. Lehr erkannte die Umrisse von Flaschen. »Habe mir außer den Zigaretten nur ein bisschen ›flüssiges Brot‹ geholt. Proviant für die Abendstunden.«

Schmach für die ganze Stammfamilie. Clemens, das schwarze Schaf der Familie. Wie er sich selbst bezeichnete. Nicht studiert, nur eine abgeschlossene Lehre als Betriebsschlosser, jetzt tätig an der Werkbank eines großen

Stahlwerks. Ein Malocher. Arbeitsplatzverlust durch hohe Fehlzeiten, Krankmeldungen, Saufen und Schulden. Zeiten der Arbeitslosigkeit, Jobsuche. Pfändungen, Polizei im Haus – wegen Prügeleien in Kneipen, Verkehrsunfällen unter Alkohol-Einfluss. Innerhalb von drei Jahren fuhr Clemens durch eigenes Verschulden – im Rausch – sieben gebrauchte, eigene PKW zu Schrott:

Zwei Fiat 600, Wasserkühlung, rot, blau. Einen NSU Prinz, grau. Zwei VW Käfer, beide dunkelgrün. Einen Opel Rekord Caravan, Drei-Gang-Lenkradschaltung, durchgehende Sitzbank vorn, grau-blau. Einen weißen Opel Kadett B. Finanziert wurden die meisten PKW vom Geld der Eltern.

Krankenhaus-Aufenthalte durch chronische Krankheiten. Gerichtsverhandlungen wegen Kredithaien, die ihr Geld inklusiver horrender Zinsen zurückwollten. Gemachte Deckel in Kneipen, private Schulden bei Saufkumpeln. Und etliche Zeitschriften-Abonnements, die in den 1970er-Jahren bereits angeblich von Ex-Knackis verkauft wurden. Drückerkolonnen. Lehrs Vater und Clemens fielen auf die Masche mit dem Gefängnisaufenthalt dieser Verkäufer rein. Vater und Sohn unterschrieben die Verträge für Abonnements. Zeitlich und räumlich unabhängig voneinander. Lag das auch daran, dass beide Alkoholkranke waren?

In der Schlussphase der brüderlichen Exzesse, vor dem Aufenthalt in der Haftanstalt, hatten Lehrs Eltern Clemens verpfiffen. Damals war die Polizei mal wieder bei Familie Lehr und fragte, wo sich denn der ältere Sohn aufhalten könne. Sie, die Polizei, sei augenblicklich ratlos. Zig Kneipen hätten die Beamten bereits aufgesucht, mit Krankenhäusern telefoniert, nach Clemens gefragt.

Lehrs Bruder war oft tagelang abgetaucht. Häufig bei irgendwelchen Frauen. Meistens Kneipenbekanntschaften.

Lehrs Eltern äußerten eine Vermutung, nannten Adresse und Name. Die Polizei schlug zu und führte Clemens ab. Das verzieh er seinen Eltern nicht.

Für Lehr kam eine Zeit, als er Clemens belog – und das als Katholik. Bei jeder Frage nach Geld, sagte Lehr: »Tut mir sehr leid, aber ich habe selbst nicht genug.«

Lehr war noch nie besoffen. In seinem Leben! Ihm reichte die Besoffenheit der anderen.

Manchen Abhängigen gelingt es, den Alkoholkonsum dauerhaft zu unterbinden. Von der Alkoholkrankheit geheilt werden die Süchtigen nie.

Eine psychologische Psychotherapie für den Bruder oder für die ganze Familie lehnten Lehrs Eltern ab. Anregungen dazu gab es. Von Ärzten, von Pfarrern, von Psychologen, von Lehrern, von Bekannten. Diese Ratgeber wussten, dass, wenn mindestens ein Mitglied der Stammfamilie alkoholkrank war, das gesamte Mobile Familie aus dem Gleichgewicht geriet. Und es blieb im Ungleichgewicht, wenn der Alkoholkranke trocken geworden war. Denn selbst nach der nassen Zeit wirkte die Krankheit negativ auf Seele, Körper und Geist.

Lehrs Eltern wollten keine – wie sie sie nannten – »Seelenklempner« einbinden. Diese sollten weder an Clemens noch an den Geschwistern – schon *gar nicht* – an den ihnen emotional herumdoktern.

Da hätten Familiengeheimnisse zu Tage treten können. Das Verprügeln der Kinder. Mit Kinder-Bambusstöcken, Holzkleiderbügeln, Gürteln, der nackten Hand. Das langjährige Verhältnis des Vaters zu Lehrs Klassenlehrerin, Fräulein Grewen. Die Alkoholexzesse des Vaters. Der emotionale Missbrauch. Innerhalb einer streng katholischen Familie.

Die Verwandtschaft war untereinander zerstritten. Hauptsächlich ging es um Geld. Welche Familie schaffte es nach dem Zweiten Weltkrieg 1945 besser und schneller, finanziell und immobilientechnisch gut dazustehen? Im so genannten Wirtschaftswunderland. Natürlich war Bildung ein Thema. Lehrs Patenonkel Hans besaß lediglich einen Volksschulabschluss. Er war gelernter Dreher und machte sich als Geselle selbstständig. Ohne Meisterbrief. Als Ein-Mann-Betrieb.

Das aus Backsteinen bestehende Firmengebäude stand auf dem Grundstück des großelterlichen, 4-geschossigen Wohnhauses. Man passierte nach Verlassen der Tür zum Hof ein Stück Wiese, ein paar Quadratmeter Nutzgarten und erreichte unweit einiger Obstbäume die Zugangsstahltür für Personen des Gebäudes. In unmittelbarer Nähe war die Zentrale der städtischen Feuerwehr. Lehrs Eltern nannten die Firma immer abwertend »Klitsche«. Lehrs Urgroßvater betrieb früher darin eine Schreinerei.

Unter anderem übten Lehrs Opa sowie Lehrs Vater Druck auf Patenonkel Hans aus: Er solle seine Deutschkenntnisse verbessern, die Meisterprüfung ablegen, einen Meisterkittel anziehen, Arbeiter sowie eine Bürokraft einstellen. Dann wäre er der Chef im Ring und brauchte sich nicht mehr die Hände schmutzig zu machen.

Doch Patenonkel Hans lehnte das ab.

Patenonkel Hans bekam in den 1960er-Jahren unter anderem Aufträge von der deutschen Rüstungsindustrie: Er bearbeitete die Bremstrommeln für Panzer auf seinen Drehbänken. Ein Kriegsveteran arbeitete nun für die Bundeswehr. Solche Verhaltensweisen lehnte Lehr ab; folglich auch Onkel Hans. Lehr war Pazifist. Und außerdem skandierte die Kriegsgeneration des Zweiten Weltkriegs öffentlich und über Monate: »Nie wieder Krieg! Nie wieder Militär!« Und dennoch wurde die sogenannte Bundeswehr

1955 gegründet. Nur zehn Jahre nach Adolf Hitlers Selbstmord, der die Kapitulation der Wehrmacht besiegelte.

Von Patenonkel Hans erfuhr Lehr, dass mancher deutsche Soldat nach Kriegsende nicht nach Deutschland zurückzukehren gedachte. Lehr war bislang davon ausgegangen, dass alle Militärangehörigen Sehnsucht nach Deutschland hatten und diesen deutschen Boden zukünftig dauerhaft unter ihren Füßen spüren wollten. Viele Gesunde blieben zum Beispiel in Russland. Manche heirateten dort, zeugten Kinder, hatten Arbeit. Lehr fand das eigenartig. Und er war verstört. Hatten seine Eltern doch immer davon gesprochen, dass jeder Deutsche in seine Heimat zurückkehren wolle und dies auch tat.

Lehrs Patenonkel Hans war es auch, der ihn spontan fragte, ob er eine Freundin habe. Da war er um die 17. Lehr schockte und überraschte die Frage, denn von seinem Patenonkel hatte er das nicht erwartet. Eine solche Neugierde? Bei seinem Onkel? Oder hatte Patenonkel Hans einen Auftrag von Lehrs Eltern, diesen mal auszuquetschen? Lehr war misstrauisch. Sie hatten kein enges Verwandtschaftsverhältnis. Auch kein Freundschaftsverhältnis. Sozusagen: eines unter Männern. Jedenfalls nicht so eng, dass Lehr gerade ihm solch intime Details mitgeteilt hätte. Wenngleich Lehr sich das gewünscht hätte. Eine Person seines Vertrauens, mit der er solche Geheimnisse hätte teilen können. Teilen im Sinne von: Der behält die Informationen für sich und plappert nicht »aus Versehen« darüber. Schon gar nicht mit Lehrs Eltern.

Oder auch: Vielleicht kann mir Onkel Hans diesen oder jenen Rat geben. Im Umgang mit einer Freundin.

Lehr hatte keine Freundin. Er hatte noch nie eine. Lehr meinte hier: eine Freundin, die er geküsst hatte. Auf den Mund. Oder eine Freundin, die er gestreichelt hatte. An den

Händen. An der Wange. An den Ohrmuscheln. Am Hals. Am Rücken. Mit zittrigen, tastenden Fingerspitzen an ihrer nackten und feuchten Vagina.

Lehr war unter Druck. Wegen der Frage seines Patenonkels Hans. Wie sollte er sich entscheiden? Er musste schnell entscheiden. Sein Zögern verschlechterte die angespannte Situation.

Lehr wollte gut dastehen. Als Mann. Er wollte seinem Patenonkel imponieren. Denn Jungs im Alter von 17 Jahren hatten gefälligst eine Freundin! Wenn nicht, stimmte etwas nicht mit den Jungs. Aber sollte Lehr lügen? Wenn er »Ja« sagen würde, könnte Patenonkel Hans gleich nachsetzen: »Wie heißt sie denn? Und wo wohnt sie? Geht sie in deine Klasse? Kenn ich sie vielleicht?«

Diese Fragen würden weitere Lügen nach sich ziehen. Lügen – als strenger Katholik! Das müsste Lehr dann beichten. Er müsste zur Beichte gehen und sagen: »Ich habe vor einer Woche meinen Patenonkel Hans angelogen!«

Das Verhältnis zu seinem Onkel war nie herzlich. Er war der Mann mit den größten Händen in der Verwandtschaft. Mit »Pranken«. Der Onkel musste immer aufpassen, wenn er jemandem die Hand gab. Denn er konnte damit sehr fest zudrücken. Und beim Handgeben musste man rechtzeitig seine Hand wegziehen, falls Patenonkel Hans mal zu männlich zufasste.

Lehr antwortete: »Ich habe eine Freundin. Mehr will ich nicht sagen. Das habe ich ihr versprochen. Und sag nichts meinen Eltern.«

Lehr hatte starkes Herzklopfen.

Apropos Patenonkel.

Lehrs Vater und sein Patenonkel Hans legten mal in den 1960er Jahren zu Fuß die Strecke Cuxhaven-Neuwerk-

Cuxhaven während einer Tide zurück. Auf Neuwerk tranken sie ein Bier und kehrten direkt während derselben Ebbe-Phase zurück. Gegen Ende ihrer strammen Wanderung holte sie allerdings die einsetzende Flut ein. Sie hatten sich verschätzt. Wahrscheinlich saßen sie zu lange beim Bier, sodass sie streckenweise schwimmen mussten. Auch durch gefährliche, strömungsreiche Priele. Die sind tückisch.

Die Verwandtschaft, die am Cuxhavener Strand auf die Männer wartete, schaute immer wieder nervös auf die Armbanduhr und verglich die Zeitspannen mit denen auf der Anschlagtafel der Kurverwaltung für Hoch- und Niedrigwasser.

Die Familien waren sich einig darüber, dass die beiden Kriegsveteranen sich übernommen hatten. Sie waren immerhin keine 21 Jahre alt und wogen keine 74 Kilogramm mehr. Jetzt waren sie über 40, mit Wohlstandsbauch und locker 100 Kilogramm Körpergewicht.

Zwar liefen sie nicht in Uniform, mit Gewehr und Sturmgepäck, aber beide waren Invaliden. Lehrs Patenonkel Hans durch einen Schuss ins Bein, das von da an ein »Offenes Bein« mit vielen Krampfadern war. Deshalb konnte er nur stundenweise an der Drehbank stehen. Und Lehrs Vater durch einen Streifschuss am Rücken, Unterkühlung während des Russlandfeldzuges, durch Unterernährung in der Kriegsgefangenschaft in den USA und aufgrund seiner Alkoholabhängigkeit.

Sie wären nicht die Ersten gewesen. So manche Männer hatten die Strecke Cuxhaven-Neuwerk unterschätzt. Einige kamen nie wieder aus dem Meer zurück.

»Wir haben uns übernommen«, japsten die Väter beim Erreichen des Strandes.

Ich, Lehr, schreibe in mein Tagebuch:

Montag, 5. Juni 1995, 08:14 Uhr, [Niedersfeld, FeWo].

(Band-Notizen; Eintrag des Textes vom Abend/Nacht zuvor; Morgen danach)

Sitze an den Fenstern, die direkt ins Dorftal weisen, und schaue den Halbmond an. Er steht über den gegenüberliegenden Berghöckern; habe ihn gerade fotografiert (s/w); es dürfte kurz nach 24 Uhr sein. Ich kann nicht schlafen, war zwar schon früh im Bett, bin aber sehr unruhig, während ich hier draufspreche, höre ich über das Kassetten-Laufwerk Chris Rea (was äußerst angenehm ist; Titel treffenderweise: »On the beach«).

Habe den Mond mehrmals fotografiert …

Er ist seit einigen Minuten »verwaschen«, es haben sich Wolken davor geschoben, es könnte für mich ein Zeichen sein, dass vorhin, als der Mond klarer zu sehen war, mein Lebensweg klar war. Und jetzt – mal als Symbol gesehen – durch diesen vernebelten Mond manche Dias in mir eingetrübt sind. Seit Jahrzehnten. Aber es löst sich schon eine ganze Menge.

Positiv ist, dass sich einige Sterne (insgesamt sehe ich drei) zu dem Mond gesellt haben. Höre weiterhin Musik.

Der Mond ist jetzt fast ganz hinter dunklen Wolken verschwunden; bin sehr müde, gehe zu Bett, höre aber noch Musik. Gute Nacht.

(weitere Band-Notiz)

Montag, 5. Juni, 06:30 Uhr.

Bin gerade aufgewacht; träumte von einem eigenen Fotostudio.

Ich begegnete dort einem Mann, der ein Kind auf dem Arm trug und der mich fragte, ob ich nicht das alte Fotolabor kennen würde, das auf dem Dachboden »meines« Hauses sei. Dort sei eine komplette Einrichtung, die er mir zeigen wolle. Es könne jedoch sein, dass er das Labor nicht gleich fände. Dafür entschuldigte er sich im Voraus.

Minuten vor dieser Begegnung bin ich zu Fuß allein in einer mir unbekannten Stadt unterwegs und beschäftige mich gedanklich mit dieser Studiomöglichkeit.

Da fällt mir ein, dass der Mann gesagt hat: Wenn der Computer nicht mehr funktioniere oder man ihn nicht richtig bediene, werde die Qualität der Abzüge sehr schlecht – beziehungsweise steht und fällt alles mit diesem Computer, den man zu bedienen habe.

Dieser Hinweis des Mannes hat mir keine Angst bereitet.

Das ist die aktuelle Traumsequenz.

Mein Gefühl nach dem Aufwachen: sehr gut!

An weitere Träume kann ich mich nicht erinnern. Habe sehr gut geschlafen. Drehe mich für einen Moment auf die Seite. Eventuell träume ich den zweiten Teil vom Fotostudio.

Komme nicht ganz in den Schlaf. Jetzt sind 20 Minuten verstrichen seit vorhin. Beschäftigung mit Fotostudio-Idee sehr stark. Ich visualisiere einen rechteckigen Kasten, mehr eine runde Büchse, die drei Fächer hat. Diese sind übereinander angeordnet.

Im unteren Fach »kreist« meine Idee vom eigenen Fotostudio, die sehr dominant ist. Aber nicht aus ihrem »Versteck« kann, denn die Schublade klemmt. Im Fach darüber erkenne ich nichts.

Das obere Fach hält meine Mutter mit ihrer Hand verschlossen und torpediert meine Idee mit den Worten: »Das klappt nicht! Du wirst untergehen! Es gibt schon Unmengen anderer Fotostudios, die längst am Markt sind! Die sind viel besser! Das kannst du nicht!«

Bin jetzt angezogen, frisiert, gewaschen. Bin sehr unruhig. Es kreisen im Moment sehr viele diffuse Dias in mir, die ich nicht genau zuordnen kann. Habe mich trotz des relativ kühlen Wetters dazu entschieden, ins Orketal zu fahren. Zum »Schönen Platz«. Nehme Tee, Haferflocken, Schokostreusel, ein Buch, dieses Diktiergerät mit; die Kameras natürlich, was zu schreiben. Lasse die Gegend auf mich wirken, die Vergangenheit, die Gegenwart. Die Zeit.

Mir wird klar, dass meine Mutter selbst vor etwas geflohen ist. Zum Beispiel vor der Auseinandersetzung mit ihren Eltern.

Sie ist geflohen, in dieses Dorf. 120 Kilometer entfernt von ihrem Elternhaus. In den 1950er-Jahren war diese Distanz nicht so zügig zu überbrücken wie in der Gegenwart. Ein anderes Schienensystem, langsamere Züge, schlechtere und schmalere Straßen, nicht so sichere und komfortable PKW. Kein Telefon in der Dienstwohnung des Hauptlehrers.

Sie als Großstadtmensch fühlte sich hier im Dorf mit 1.200 Einwohnern wie ein Fremdkörper. Was hielt sie hier fest? (Ende Band-Notiz).

9:25 Uhr. Sitze im Auto und fahre Richtung Kirche, Schule. Das Dorf ist noch sehr ruhig.

Passiere Gasthof Wagenbach und jetzt die Kirche. Habe vor, auf dem Weg zum Orketal, durch Winterberg zu fahren. Das heißt hinter der Firma Gehrig & Co. vorbei. Über die schmale Zufahrtsstraße. Der Berg, über dem der Mond gestern Nacht stand, heißt Ellenberg. Das hatte ich vergessen. Bin jetzt abgebogen auf dem Weg zur Firma Gehrig & Co. Über diese kleine Straße gelangt man auch zum Skilift, mit dem ich einmal gefahren bin.

Wenn ich mich recht erinnere, sind hier während meiner Kindheit die Fotos entstanden, deren Abzüge ich neulich machte. Die Negativstreifen lagen über Jahre in einem Karton.

Die Lichtbilder mit dem Tretroller, meinem Vater auf den gefällten, geschälten und liegenden Baumstämmen, meine Mutter im schicken Kostüm etc.

Lasse jetzt erstmal wirken, was hier passiert.

Das Dia vom alten VW-Bus wird aktiviert, der am Skilift stand. Der Bus war nicht mehr zugelassen und kaputt. Wir Kinder spielten ab und zu in diesem Bus. Aber behutsam, wegen scharfer Kanten und Glassplittern. Wir spielten Fahrer und Beifahrer, dachten uns Geschichten aus. Der Bus hatte hinten links einen Unfallschaden: Das Seitenteil war eingedrückt. Man konnte die

Faust hindurchstecken – zum Innenraum. Die Heckklappe war verzogen, sie ließ sich nicht mehr schließen. Das Lenkrad war nicht mehr beweglich. Allerdings war der Tachometer optisch intakt, die zwei Frontscheiben unversehrt. Und ich fragte mich in den 1960er-Jahren: »Wie kann in einem fahruntüchtigem VW-Bus, der ohne Räder auf Achsen dort steht, der kaputt und verrostet ist, ein ›unschuldiger‹ Tachometer im Armaturenbrett stecken?« Ich hatte das Verlangen, diesen Tachometer dem schrottreifen Bus »anzupassen«. Einfach das Tachoglas mit einem Stein kaputt zu schmeißen, die Nadel herauszureißen, das Zifferblatt zu zerkratzen und das Zählwerk zu zertrümmern. – Ich hab's aber nie getan.

Es ist angenehm ruhig hier. Ich bin jetzt auf einem kleinen Hügel; rechts von mir ist der Skilift. Ich schau mir das Areal näher an.

Bin jetzt unterhalb des Eschenbergs, auf der Zufahrt dorthin. Müsste alsbald den Skilift erreichen.

Habe das blaustichige Farbdia von Fräulein Grewen und meiner Mutter vorm inneren Auge. Mein Vater hatte beide dort – vorm Eschenberg – fotografiert. Mit der Familien-Agfa-Kamera. Es war Winter. Alle drei machten einen Skiausflug. Das war, glaube ich, an dieser Stelle hier. Damals gab es noch keinen Skilift. Der Skilift als biografische Anlaufstation hat mir nichts mehr gebracht. Doch! Halt! Wieso fotografiert ein Schulleiter seine Ehefrau und seine Kollegin, mit der er über Jahre ein Verhältnis hat, gemeinsam?

Bin jetzt auf der Straße nach Elkeringhausen, in der Hoffnung, dass ich das Orketal entdecke. Irgendwo hier links muss es eine Abzweigung geben …

Habe das Orketal gefunden. Bin auf einer schmalen Zufahrtsstraße vor Elkeringhausen und habe auf dem Hinweis-schild gesehen, dass es 12 Kilometer bis Medelon sind.

Ich ahne, was mich hierhergeführt hat: der Kinder-Wunsch nach bedingungsloser Liebe durch die Eltern.

Zeit lässt sich nicht zurückdrehen.

Im Augenblick suche ich einen Parkplatz. Hier ist es sehr schmal. Es passen nur knapp zwei PKW aneinander vorbei. Vielleicht ergibt sich ja hinten eine Parkmöglichkeit?

Gerade war ich an einer Abzweigung, die mir bekannt erschien. Sind wir hier früher mit dem Lloyd hochgeheult? Ging sehr steil an, damals, zur Adenauer-Zeit. Familie Lehr ist immer sehr nah an den – unseren – »Schönen Platz« herangefahren. Mit Sack und Pack.

Bin jetzt an einem P-Schild. »Ehrenscheider Mühle 200 m« steht da links. Schaue mich um.

Mir fällt spontan ein, dass meine Mutter meinen Vater einerseits aus Mitleid heiratete, denn er hatte bereits ein Kind, Veronika. Seinerzeit ein Jahr alt. Und andererseits, weil er Lehrer war und katholisch. So wie mein Opa.

Und wahrscheinlich war meiner Mutter die Entscheidung selbst nicht ganz klar.

Das heißt, sie hat als strengkatholisch erzogene Frau Zeit ihres Lebens darunter gelitten, einen katholischen Witwer mit Kind geheiratet zu haben. Einen Witwer, der vor ihrer Hochzeit keine Jungfrau mehr sein konnte.

Zu Fuß auf dem Weg zum »Schönen Platz«. Zumindest bilde ich mir das ein. Über meine eigene Orientierungslosigkeit muss ich gerade lächeln. Das Orketal ist überschaubar. Es gibt gekennzeichnete Wanderwege. Allerdings erschweren die vielen Bäume ein schnelles Auffinden. Merke jetzt, als erwachsener Mann, was das hier für ein Mikrokosmos ist. Von den Distanzen her: vier Kilometer, zwei, drei, sechs Kilometer.

Der Salamander im Baum. Das war unser spezieller Freund. Den gab es. Das war ein gelb-schwarzer Feuersalamander. So'n richtiger Salamander-Salamander. Soeben habe ich zwei schöne, schwarze Schnecken gesehen.

Ich entdeckte manchmal den Salamander im Baum. Er wohnte unten, wo der Baum in die Erde reicht. Da hatte er eine Höhle, feucht und dunkel, wie er es braucht. Ich wollte ihn anfassen, doch wurde mir von meinem Vater erklärt, dass man Salamander nicht mit nackten Händen anfassen sollte. Das Sekret auf ihrer Haut ist giftig und kann bei Kindern zu Übelkeit und Erbrechen führen. Deswegen habe ich ihn lediglich angeschaut. Angeschaut – nie angefasst.

10:35 Uhr. Hier, wo ich jetzt bin, sind wir zu sechst im Lloyd mit Ausrüstung, sprich Decken, Besteck, Spirituskocher, Pfanne, Kartoffeln, Öl, Eiern – Salz und Pfeffer – langgefahren.

Ich bin jetzt oberhalb eines Bachlaufs. Musste vom sehr verwachsenen Weg abbiegen, weil dieser Pfad im Nirgendwo endet. Der Berghang ist hier ein wenig gerutscht. Ich vermute, dass er vor einiger Zeit den Weg verschüttet hat. Gehe nun weiter links – nach oben. In der Hoffnung, dass ich vielleicht irgendwo die Picknick-Stelle finde. Der Wald als solcher ist wunderschön. Es ist ein Mischwald. Direkt hier bin ich von Buchen umgeben. Am Boden sind ausgewachsene Farne. Verschiedene Moose. Laub natürlich. Unweit ein schmaler Bach. Das dürfte die Orke sein. Ansonsten orientiere ich mich an der Bergspitze.

10:55 Uhr.

Ich glaube, ich hab sie nicht mehr alle.

Habe mich selbst überwunden, den sehr steilen Anstieg, der noch steiler war als der vom Samstag – Rimberg – zu bewältigen und zu überwältigen. Kämpfte während des Aufstiegs dagegen an, dass am Berghang vor einiger Zeit sehr viel Müll abgekippt worden ist. Erst durch meine Begehung erkannte ich, dass hier – unter dem Waldboden – Hausmüll liegt. Denkbar ist deshalb, dass es hier Ratten gibt. Die Vorstellung erzeugte Ekel und ließ mich schneller laufen.

Kämpfte während dem dagegen an, ob ich wirklich den steilen Aufstieg machen sollte. Ich konnte von unten aufgrund des Bewuchses nicht genau erkennen, wie hoch das hier noch ist und *wie steil es letztlich werden wird. Außerdem, was mich hier oben erwartet.*

Ich bin letztlich nicht enttäuscht worden. Was die Aussicht anbetrifft.

Hier oben ist ein Stück Wiese, darunter ist Schutt. Angekarrter Schutt, mit dem die Müllhalde zugekippt worden ist. Und ich hab hier einen fantastischen Ausblick auf die Berge, die Wälder und das Tal. Trotzdem bin ich ausgepumpt. Vom körperlichen, natürlich auch vom seelischen her.

Das heißt, ich bin froh, dass ich mich überwunden habe. Meine Gedanken und Gefühle als Kraft genutzt habe, hier weiter hochzugehen.

Denn vor dem Aufstieg fiel mir der Satz ein: »Das Gewohnte als Gewohnheit.« Sprich, den heute passierten, mir nun bekannten, Weg, zurückzugehen – bevor ich den Berg über die Müllreste erklimme.

Oder das Ungewohnte, das Unbekannte, das Risiko, das Abenteuer einzugehen. Also aufzusteigen, trotz der Ratten-Phobie, trotz der Angst vor Verletzungen durch rostige Metallteile.

Das heißt vom Weg her – ja – nur zwei Möglichkeiten zu haben: die Rückkehr. Mit der Frustration den Berg nicht – oder wieder nicht –, ja, jetzt benutze ich das Wort »bezwungen« zu haben und mit dem Gefühl des Gescheitertseins ewig zu leben.

Oder die Alternative zu sagen: »Ich lass mich drauf ein. Und gehe von einem gewissen Zeitpunkt an durch.« Also auch die mögliche Rückkehr auszuschließen. Und auch die Kraft nicht mehr an den Gedanken zu verschwenden: Ich hätte doch umkehren sollen, weil die Gefahren vor mir größer werden.« Sie werden natürlich auch deshalb größer, weil mich die Energie blockiert, die ich daran verschwende, an die Rückkehr zu denken. Oder darum zu trauern, nicht umgekehrt zu sein, beziehungsweise die falsche Entscheidung getroffen zu haben.

Also, ich hab mich entschieden, von einem Moment an, nach vorne zu gehen. Und mich auf mich selbst einzulassen. Meinem Selbst zu vertrauen und einen Weg zu finden!

Das heißt, ich hatte zwei Momente, da wurde ich panisch, weil es sehr steil war. Und auch glatt. Einmal rutschte ich aus. Musste meterweise auf allen vieren kriechen. Mit Ausrüstung.

Wichtig ist: Ich sah von einem bestimmten Zeitpunkt ab ein Ende der Strapazen. Es waren immerhin noch einige Meter. Und mehr Licht. Hier oben ist viel Licht. Die ersten Bäume stehen im Abstand von 30, 40 und 50 Metern.

Und von daher ist hier oben freier Himmel. Sehr helles Licht, Gräser, ich hör die Vögel tirilieren.

Gehe noch mal vorne an den Rand. Ganz bewusst und schau mir von oben diesen steilen Hang an. Wäre ich nicht selbst vor wenigen Minuten hier raufgekommen, würde ich sagen, tja, das müsste man doch locker schaffen. Obwohl das – tja – ich weiß nicht, ich will nicht übertreiben – ich vermute mal, das ist hier ein Steigungswinkel von 30°. Etwa.

Gut. Ich hab's gemacht. Betrachte noch mal das Tal. Ich sehe da unten Elkeringhausen. Sehr malerisch gelegen, die schönen Berge drumrum. Kiefernwälder, Mischwälder, Wiesen.

Kann jetzt gut durchatmen. Entspannen. Habe meine Isomatte dabei.

[Einschub: Es gießt seit gut einer Stunde in Strömen. Bin froh, dass ich hier in der FeWo bin.]

Links von mir sehe ich sehr neue Häuser. Das könnten Ferienhäuser sein. Die Dächer sind schon gedeckt. Daneben Erdwälle, die noch »verschaufelt« werden.

Ja, und hinter mir Wald, nichts als Wald. Wobei das hier nicht wesentlich höher geht. Es dürfte mehr oder weniger die Höhe von Winterberg sein. Etwa 650 Meter.

Es war jetzt wichtig, diesen Eintrag zu machen; vor mir ist ein offenes Tor aus Metall. Nicht verschlossen. Wär auch nicht schlimm. Andernfalls würde ich über den Zaun klettern. Das heißt daneben ist auch eine Öffnung, da würde ich durchpassen – wie ich gerade sehe.

Ich bin vom Weg abgekommen. Etwas. Habe die Stelle – den »Schönen Platz« – nicht gefunden, die ich suchte. Will aber jetzt ganz gemütlich und ohne Disstress wandern und hab für heute mein Pensum an Kraftanstrengung psychischer und physischer Art erst mal, glaube ich, bewältigt. Mir fällt ein, dass ich gestern Abend noch was schreiben wollte. Die Szene mit dem Schwarzpulverfund in der Umgebung Niedersfelds.

Eintrag in mein Tagebuch war (sinngemäß): »Es wird zu anstrengend sein; spüre, dass ich die Kraft für die kommenden Tage brauche. Jetzt weiß ich, warum ich gestern so handelte.«

Okay, bin froh, dass ich das jetzt hier loswerden konnte und melde mich wieder. 11:04 Uhr ist es jetzt.

Nachtrag zu diesem Gang auf den Berg. Dieses Gehen von mir auf ein ungewisses Ziel hin, ohne eine konkrete Ahnung davon zu haben, wie es ausgeht, sollte mir ein positives Beispiel sein für meinen Existenzaufbau.

Einfach der Satz: »Man muss den ersten Schritt machen, dann findet man auch den Weg.« (Klingt etwas banal, stimmt für mich aber.)

Man findet ihn nicht, wenn man ihn nicht geht. Okay. Tschüss!

Habe mich gerade liegend entspannt. War ausgezeichnet. Gehe jetzt wieder ins Tal hinunter. Wahrscheinlich zum Auto, oder – ja – wenn ich zufällig auf den Platz stoßen sollte, natürlich dorthin. Bis dann.

Habe gerade zwei Composite-Fotos gemacht (Farbe). Motive: Käfer und Pusteblume; Pferd und Pusteblume. Waren drei sehr schöne Pferde, die allerdings ständig fraßen und mir aufgrund dessen viel Geduld abverlangten. Hat trotzdem Spaß gemacht.

Dieses Orketal ist wirklich sehr schön. Ich stehe hier umgeben von Ginsterbüschen, vor mir sind knorrige Eichen, dahinter

Kiefern, rechter Hand sind Buchen, Wiese, Tal, einfach toll. Zwei weitere Pferde habe ich gesehen. Wollte sie erst fotografieren. Aber sie trugen Zaumzeug, was mir nicht gefiel. Das hatte nichts Freies, nichts Wildes.

Eigentlich möchte ich gar nicht ins Tal, denn hier ist es wirklich toll. Habe kurz überlegt, ob ich bei den Pferden bleibe …

Gehe jetzt aber trotzdem weiter nach unten. Der »Abstieg« beginnt.

Bin, nachdem ich fast am Auto war, wieder zurückgegangen. Liege jetzt in der Wiese, bei der ich »die zweiten« Pferde sah. Neben deren Koppel, die improvisiert ist. Man sieht das an den Pfählen, die provisorisch in den Boden geschlagen wurden. Vor mir ist eine Eiche, nicht sehr groß. Und – ja, ich kann mich jetzt ausruhen. Faulenzen. Wobei mich der Aufstieg ein bisschen geschwächt hat. Weiß noch nicht warum. Es gingen mir sehr viele emotional belastende Dinge durch den Kopf. Diffuse, nicht artikulierbare Bilder. Werde jetzt erst mal loslassen.

Habe Hermann Hesse gelesen. Sehr interessant. War auf der Wiese, mit Isomatte. Ohne Regen. Habe mich auch entspannt.

Bin jetzt spontan zum Auto gegangen. Wollte zunächst zurückfahren. Erkenne jedoch nach einem Blick im Anschluss an die Kurve, an der ein Durchfahrt-Verboten-Schild steht, das Orketal. Und erkenne auch den Weg wieder, auf dem ich jetzt bin. Rechts von mir sind Kühe. Es kommt mir aus dieser Perspektive bekannter vor. Ich gehe ein paar Meter und schaue, welche emotional geprägten Bilder in mir entstehen.

Erinnere ein Dia, wo auch mein Opa mal mit hier war. Familie Lehr war häufig hier. Zählen kann man's nicht. Aber sie war uns sehr vertraut, diese ganze Gegend hier.

Bin jetzt an einer Abzweigung, die nach links, die bergauf führt, was mich daran erinnert, dass wir hier mal versteckte Ostereier suchten. Ich bleibe im Tal und folge der »Hauptstraße«.

Rechts vom Tal ist Kiefernwald. Hier, wo ich bin, ist Mischwald.

Ich vermute, dass rechts im Kiefernwald der Weg ist, den ich vorhin schon gesucht habe. Rechts von mir schlängelt sich die Orke. Kleine Buchten, Inselchen, überwachsene Uferstellen. Pittoresk.

Habe gerade auf einer freien Wiese ein Reh und einen Fischreiher gesehen, die »durchgestartet« sind, weil sie sich erschrocken haben. Lief da nicht kurzfristig am Waldrand ein Hund entlang?

Hier sieht jetzt vieles sehr ähnlich aus, sodass ich sagen könnte: »Es ist dieser Weg, jener Weg, jener Weg, dieser Weg.«

Momentan sauge ich das gesamte Tal in mich auf. Und pendle gedanklich zwischen »Welchen Weg soll ich nehmen?« und »Einfach sitzen und gucken.«

Eine hochgewachsene Buche mit geschätzten zwei Metern Durchmesser erweckt meine Aufmerksamkeit. Ich bleibe vor ihr stehen.

Die könnte mir etwas erzählen, wenn sie sprechen könnte. Sie hat die Jahre – oder die Male – die wir hier vorbeigefahren sind, registriert. Wahrscheinlich hat sie die Begegnungen in der Rinde oder in irgendeinem Ring abgespeichert. Ich trete näher heran, schaue nach oben am Stamm entlang. Dann breite ich meine Arme aus und umklammere sie.

Das Tal ist wirklich fantastisch. Ich kann mir vorstellen, dass ich während meines jetzigen Aufenthalts mehrmals hierhinfahre, um zu relaxen. Einfach so.

Erinnere mich an das Dia, als Clemens bei meinem Vater im Auto mal auf dem Schoß saß – im Lloyd – und hier im Wald lenken durfte, bei der Fahrt zum »Schönen Platz«. Clemens umkurvte mithilfe meines Vaters dabei Schlaglöcher. Ich beneidete Clemens sehr darum. Ja, ich war eifersüchtig. Ich wollte auch steuern und äußerte quengelnd meine Bitte. Aber man sagte mir, ich sei noch zu klein dazu.

Tja, ich möchte nichts heraufbeschwören – im Sinne von: Ist das nun der richtige Weg oder nicht? Wege können verändert worden sein. Sogar die Wegstrecken. Durch einen Wald. Auch Wälder verändern sich. So wie sich Menschen verändern. Meine Füße werden schwerer.

Vielleicht quäle ich mich im Moment deshalb hier so durch den Wald, weil ich abseits vom Niedersfelder Dorf jetzt doch meinen emotionalen Vater suche. Bei der Planung dieser Tagestour dachte ich primär an das Aufsuchen der Orte. Nicht an das Aufsuchen meiner Gefühle.

Die Dias, die Momente, in denen wir zusammen waren, als intakte, gesunde Familie. Und das war in den 1960er-Jahren während seiner aktiven Berufstätigkeit hier.

Nein, Thomas, du machst dir was vor. Da hat dein Vater bereits gesoffen. Da war die Familie dysfunktional. Da hatte dein Vater bereits das Verhältnis zu deiner Klassenlehrerin.

Bin nun weiter oben, auf einer Anhöhe. Der Weg ist hier nicht bebaumt. So kann ich ins Tal schauen und auf die anderen Bergspitzen. Vor mir sind kleine Tannen. Höchstens kniehoch. Jung.

Fichten, dann der Übergang zu Mischwald. Es ist fantastisch; wirklich klasse hier. Ich bin mir nicht im Klaren, ob das wirklich der Weg ist. Ist das hier der Weg zu meinem emotionalen Vater?

Es fängt wieder langsam an zu tröpfeln.

Bin hier völlig auf dem Holzweg. Völliger Holzweg. Alles falsch. 14:44 Uhr.

Bin wiederholt gekraxelt und an einer Kreuzung angekommen, da steht »Züschen/Elkeringhausen«. Gegenüber diesem Hinweis-Schild ist ein mit Blumen, Büschen und Sträuchern bewachsener Weg. Diesem folge ich – er führt mich in einen Tannenwald.

Der Wald ist wunderbar. Vor allem das Gras unter den Fichten ist wie ein Teppich. Gerade jetzt mit den Regentropfen.

Es regnet sehr stark, stehe mit meinem Schirm unter einer Eiche und schauere. Ich war ein Stück – ein paar Meter – schon auf diesem Weg. Mal so gesagt. Es kam mir bekannt vor, wobei sich die

Vegetation sehr gleicht. Ich bin mir nicht sicher. Ich will auch nichts hineininterpretieren. Diese Stelle liegt weit ab vom Schuss. Aber es gibt ja auch kürzere Wege dorthin, wie ich gerade feststelle. – Kürzere Wege zum emotionalen Vater?

Ich bin weit gelaufen. Entscheide mich jetzt für eine andere Route als vorhin.

Bin jetzt beim Abstieg nach Elkeringhausen. Habe an einer Kreuzung doch noch mal einen Abstecher von 30 Metern zu einer kleinen Lichtung gemacht. Wobei ich nun mehrere Lichtungen erkenne. Darunter hohe Gräser. Es ist schwierig, hierin die Gefühlswelt des alkoholabhängigen Vaters wahrzunehmen. Der Wald hat sich in den 30 Jahren ohne Zweifel verändert. Trotzdem hätte ich es aufschlussreich gefunden, mal ein Schlüsselerlebnis zu haben. Im Sinne von Schreibweinen.

Gehe ein paar Meter Richtung Lichtung. Inzwischen habe ich sehr nasse Füße. Jetzt geht's wieder bergab. Mein Bauch sagt mir, dass das nicht der Weg/Platz ist, hier. In mir steigt unkontrolliert Magensäure auf. Es geht sehr steil hinunter. Hat sich mein Vater hier verflüssigt?

Da, wo der »Schöne Platz« war, haben wir gespielt. Der Bereich war eher flacher. Nicht so abschüssig. Hier wären wir runtergekullert.

So. Sitze im Auto. Bin froh darüber. Es regnet jetzt sehr stark. Man könnte auch sagen: Wie aus Eimern.

Die Entscheidung, von der Eiche aus, unter der ich stand, loszugehen und nicht zu warten, war richtig. Habe schließlich einen sehr guten Weg zum Auto gefunden.

Esse jetzt zwei Schogetten und trinke dazu Pfefferminztee.

Es gießt. 18:55 Uhr.

Witten an der Ruhr. Marienkirche. Daneben das Marienhospital. Unweit davon das Kolpinghaus. Die stark befahrene Stadtstraße mit Straßenbahnschienen in der Mitte.

Lehr erinnerte sich, dass er seinen Patenonkel dort abgeholt hatte. Vom Frühschoppen. Im Kolpinghaus. Als Kind. Während eines Aufenthalts bei der Verwandtschaft mütterlicherseits zur Sommerferienzeit. Lehr wurde von seiner Tante geschickt. Der Onkel solle zum Mittagessen kommen.

Innen ein trist eingerichteter Saal – einer Kneipe ähnlich – mit Theke und Thekendienst. Mit Tischen und Stühlen aus Eichenholz. Hängelampen. Gardinen. Der Saal war verqualmt. Von Zigaretten- und Zigarrenrauch. In den 60er-Jahren des 20. Jahrhunderts. Und es wurde getrunken. Außer Schnaps auch Bier. Mit einer weißen Schaumkrone. Frisch gezapft. Es wurde laut diskutiert – über Politik, den Staat, die Wirtschaftslage. Frauen sah Lehr da nicht, vor der Theke. Eine reine Sonntagsmittagsmännergesellschaft. Sie kamen aus dem Hochamt. Seinerzeit waren ausschließlich Männer katholischen Glaubens im Kolpinghaus.

Sein Patenonkel maß annähernd zwei Meter. Und wog mindestens 110 Kilogramm. Lehrs Onkel kleidete sich an Wochenenden, zum Ausgang, mit anthrazitfarbenem Anzug, weißem Sonntagshemd und Krawatte. Dazu passende Socken und Schuhe. Picobello. Dann sah man ihn nicht im verölten, dunkelblauen Kittel und angejahrten Sicherheitsschuhen. Nichtsdestotrotz verrieten seine Handinnenflächen, dass er ein Arbeiter war: Selbst mit Reinol ließen sich die Poren nicht gänzlich vom Schmutz seiner Dreherei befreien. Patenonkels ... Lebensmotto: »Das Glück ist mit dem Tüchtigen!«

Der Patenonkel besaß einen roten Opel Rekord P 2. 55 PS, 1500 cm³. Neukauf 1965. Vierzylinder Viertakt, Limousine. Darin transportierte er seine abgedrehten Metallteile bis ins Hochsauerland. Nach Hallenberg. Dort hatte einer seiner Auftraggeber seinen Firmensitz. Von ihm erhielt er die

Bremstrommeln. Holen und bringen. Nach einigen Fahrten war der Benzintank im Opel undicht. Der Tank war quer in den Kofferraumboden eingelassen. Die schweren Eisenteile hatten die Tankhülle ermüdet. Sie zeigte Risse. Es roch im Innenraum nach Sprit. Sein Patenonkel musste sich ein anderes Auto zulegen.

Lehr probierte sich erstmalig während der Ferientage in Witten ohne Vater vor dem Haus der Großeltern im Rollschuhfahren. Diese hatte er sich von der Cousine ausgeliehen, die mit ihren Eltern im Parterre wohnte. Die Gehwegplatten klackerten. Lehr musste achtsam sein, um nicht zu stürzen. Mancher Spalt war breiter als ein anderer. Die Rollen konnten sich darin verhaken. Auf Fußgänger musste geachtet werden. Er befand sich in einer belebten Großstadt. Die parkenden Autos am Seitenrand. Die stark befahrene Straße … laut, tosend. Mit Straßenbahnverkehr. Große Feuerwehrautos, Sirenengeräusche. Und schon kam Lehr zu Fall.

In der zweiten Parterre-Wohnung lebte Lehrs Großvater. Früher auch Lehrs Oma. Beiden gehörte das Haus. Doch die Oma hatte einen großen Kropf, der nach innen und außen wuchs. Seine Großmutter musste wegen dieser Schilddrüsen-problme Medikamente schlucken. Im Jahr 1963 blieb ihr eine von diesen Tabletten im Hals stecken. Jede Hilfe kam zu spät. Sie erstickte an der Pille und starb.

Lehr sollte während der Besuchszeit in der einen Hälfte des großelterlichen Ehebetts schlafen. In der anderen Hälfte Marlene. Er hatte kein inniges Verhältnis zu Opa und Oma. Letztere starb zu früh, den Opa erlebte er immer als sehr streng. Und dieser starb 1966 nach der Operation an einem Magengeschwür.

Das Schlafen im Ehebett der Großeltern war ihm unangenehm. Ein großes Bett aus Holz, mit hohen Kopf- und Fußteilen aus Schnitzwerk. Weiße, gemangelte und gestärkte Bettwäsche, faltenfrei gespannt.

Hätte er den Mut gehabt, in ihrem Bett zu masturbieren? Nein! Er fühlte sich hier nicht heimisch. Deshalb ließ er auch die Nachttischlampe brennen. Aber erst, nachdem seine Mutter – im Türrahmen stehend – »Gute Nacht« gesagt, das Deckenlicht gelöscht und die Tür geschlossen hatte.

Aufgrund diffuser Träume, vermischt mit städtischen Straßengeräuschen, wachte er während der Abendstunden oft auf. Jedoch im Dunkeln. Jemand musste zwischendurch die Lampe ausgeknipst haben.

Als er wieder mal während einer Finsternis hochschrak, stand ein Gespenst im Türdurchgang und gab ein lautes »Buuuuuh …!« von sich. Das Gespenst hielt sich eine grell scheinende Taschenlampe senkrecht unters Kinn. Dessen Gesicht war durch den Lichtschein verzerrt.

Erneut eine langes »Buuuuuuuh …!«

Lehr hyperventilierte, stieß heuschreckenartig mit seinen Armen den Rumpf nach oben, sodass er aufrecht im Bett saß.

Das Gespenst schaltete das Deckenlicht ein, die Taschenlampe aus. Lehr erkannte seine Cousine, dahinter seine Schwester Marlene. Beide lachten. »Wir wollten nur mal gucken, ob du dich gruselst! – Schlaf gut!« Cousine Sandra schloss die Tür.

Lehr war mit seinem rasenden Herzen allein. Er knipste die Nachttischlampe an.

Lehrs Tante sorgte immer für eine tipptopp aufgeräumte und saubere Wohnung. Sowohl bei sich als auch bei ihren Eltern. Hier benutzten alle Hausschuhe. Das kannte Lehr von seinem Elternhaus nicht. Bei Lehrs lief man in Straßenschuhen und in sogenannter Straßenkleidung.

Lehr hatte seinen Karton mit Matchboxautos von zu Hause mitgebracht. In Opas Wohnzimmer, auf dem klinisch reinen, sehr gut erhaltenen persischen Teppich, spielte er Auto fahren und »Tatütata – die Feuerwehr ist da!« In der Nähe des äußeren Randes gab es Streifenmuster, durch Stickereien und Ornamentik voneinander abgesetzte »Straßen« und »Abzweigungen«.

An der Wand ein reliefartig geschnitztes, armdickes Holzkreuz mit Corpus. Es reichte von der Decke bis zu Lehrs Hüfte und flößte ihm Respekt ein.

Lehr dachte: ›Irgendwie zu mächtig!‹

Im Erwachsenenalter erfuhr Lehr, dass das Kreuz aus einer Kirche stammte und seinem Opa damals überlassen wurde.

Das Badezimmer der großelterlichen Wohnung war schulterhoch mit dunkelgrünen Kacheln ausgekleidet. Die weiß emaillierte Badewanne bildete eine Einheit mit der Wand, auch hier rundherum Fliesen mit einer integrierten Ablegeschale; darin die transparente, bernsteinfarbene Glycerin-Seife, dessen Aroma im gesamten Großeltern-Bad verströmt wurde. Ein gebogener und verchromter Haltegriff über der Wanne rundete das ästhetische Bild ab.

Das gefiel ihm gut. In seiner Stammfamilie wurde Kernseife benutzt, weil sie billiger war. Die gab es bereits im Zweiten Weltkrieg.

Der weiß lackierte, grob gerippte Heizköper von der Zentralheizung mit großem, schwarzem, gerändeltem Drehknopf. Der verspiegelte Badezimmerschrank mit integrierter Beleuchtung über die gesamte Breite und einer Steckdose für einen Rasierapparat. Ein – offener – extra Heizstrahler, in Deckennähe, waagrecht, fest montiert, mit einem Bändchen zum Ein- und Ausschalten, der den Raum schnell auf Temperatur bringen konnte.

Das wirkte alles sehr modern auf Lehr. Wie in einem Hotel, dessen Gästezimmer-Fotos er mal in einer Illustrierten gesehen hatte. Auch deshalb, weil das Bad blitzblank geputzt war. Bis hin zur sauberen Toilette ohne Urinstein, dem Plüschüberzug des Deckels, dem Porzellangriff zum Ziehen sowie der sauberen, messingfarbenen Kette, die nach oben zum gusseisernen, ebenfalls weiß lackierten Spülkasten führte. Auf dem Boden – vor dem Thron – das U-förmige »Deckchen«, Ton-in-Ton und Muster-in-Muster mit der gewebten WC-Abdeckung.

Lehr fühlte sich in dieser Umgebung heimeliger und staunte darüber, dass es überhaupt solche Badezimmer gab. Er war bislang der Meinung, alle Badezimmer sähen so aus wie das in seinem Zuhause.

Lehr öffnete aus Neugierde das Badezimmerschränkchen. Neben einem Etui, in dem Maniküre-Utensilien waren, Rasierwasser, einer kleinen Pflasterverpackung, Nivea-Creme, Wilkinson-Rasierklingen, Rasiercreme und Rasierpinsel entdeckte er einen eiförmigen, elfenbeinfarbenen Philipps-Rasierapparat. Er hatte drei runde, separat angeordnete Scherköpfe. Am Gehäuse bemerkte Lehr zwei Vertiefungen mit Pfeilen. Die Druckpunkte waren flexibel. Thomas drückte leicht darauf. Vorsichtig zog er die Kappe ab und sah neben einigen abgeschnittenen Bartstoppeln drei Messer. Sie ähnelten kleinen Turbinenrädern und wurden von dem darunterliegenden Motor angetrieben.

Der Philipps gehörte seinem Opa. So einen Rasierer hatte Lehr nie zuvor gesehen. Bis dato hatte Lehr angenommen, die Welt der elektrischen Rasierer bestünde nur aus Braun-Fabrikaten, denn sein Vater besaß einen schwarzen Braun mit Vibrationsscherkopf. Der funktionierte nach dem Prinzip des Wagnerschen Hammers. Folglich ohne Elektromotor. Das elektromagnetische Verfahren gab es aktuell bei klassischen

Türklingeln. Eingefleischte Braun-Fans behaupteten bis heute, der Phillips hätte – wegen der größeren Anzahl beweglicher Teile; in diesem Fall drei Wellen – eine kürzere Lebensdauer.

Als der Braun kaputt ging, kaufte Lehrs Vater einen sehr viel preiswerteren Privileg-Rasierer per Versand bei Quelle, weil er der Ansicht war, dass dieser dem Braun technisch ebenbürtig sei. Doch das qualitativ minderwertige Scherblatt führte zu Ausschlag im Gesicht. Der Privileg wurde entsorgt. Ein Braun gekauft.

Lehr nahm das Spiralkabel aus dem Badezimmerschrank, steckte es in den Rasierapparat und dann in die Steckdose. Er betätigte den Schalter und hörte das Geräusch der kreisenden Messer. An seine Gesichtshaut wollte er die Scherköpfe nicht anlegen, so nah stand er seinem Opa nicht. Zudem erinnerte er sich daran, dass durch Rasiermesser, die blutige Verletzungen verursacht hatten, durchaus Blutvergiftungen entstanden, weil verschiedene Männer – zum Beispiel während ihrer Armeezeit – ebendiese Messer zum Rasieren benutzt hatten, sie aber vorher nicht ausreichend desinfizierten. Etwa mit Alkohol.

Lehrs Opa rauchte Weiße Eule. Diese durfte er draußen, oder – mit Gästen – nur im Wohnzimmer rauchen. Meistens sonntags. Nach dem Mittagessen. Oder nach der Kaffee- und Kuchenzeit. Anschließend wurde gut gelüftet, damit der Zigarrenrauch verschwand – vor Lehrs Tante, die unbeugsam darüber wachte.

Sein Opa hatte strenge, zerfurchte Gesichtszüge. Das mochte am Alter gelegen haben. Deutlich prägten Berufe das Antlitz eines Menschen. Lehrs Opa war Schulleiter einer Mittelschule in dieser damals 70.000-Einwohner-Stadt, Witten. Von den Nazis wurde er 1943 zum einfachen Lehrer degradiert, weil er jeden Sonntag in die katholische Messe ging. Diese Herabstufung wirkte sich negativ aufs Gehalt aus. Für einen Alleinverdiener mit vier Kindern ein harter Überlebenskampf. Sein Opa war im Umgang mit sich und seinen Nachkommen streng und ungerecht. So mussten seine beiden Töchter den hölzernen Handwagen mit dem Gepäck der Söhne durch die Stadt – vom Hauptbahnhof bis nach Hause, zwei Kilometer bergauf – ziehen, wenn diese Semesterferien hatten und zu Besuch waren. Praktisch vor aller städtischen Öffentlichkeit. Lehrs Opa ging mit den Söhnen voran, dahinter folgten die Töchter mit dem Karren. Bei der Abreise der Söhne in umgekehrter Richtung. Lehrs Mutter und dessen Tante erzählten ihm häufig, wie sie sich dafür schämten.

Lehrs besaßen keine gekachelten Zimmer in der Dienstwohnung der Niedersfelder Schule; weder Bad noch Küche. Sie wohnten dort vergleichsweise wie Hempels. Zwar hatte die Volksschule eine Koksheizung und in den Klassen gab es Heizkörper, sogar im Dachgeschoss, wo Lehrs Vater als Schulleiter seine Pflichtstunden abhielt. Aber die Dienstwohnungen im ersten Stock hatte man wohl vergessen. Kalte Schlafzimmer, kaltes Klo, kalter Korridor inklusive kalter Wintergarten. Ein Kohleofen mit Kaminanschluss im Wohnzimmer. Ein Herd mit Kaminanschluss in der Küche.

Im Badezimmer gab es, nachträglich installiert, nur einen Heizstrahler. Sonst hätte man es dort gerade im Winter nicht ertragen. Immer dann, wenn Lehr das Gerät anschaute, erinnerte er sich an die Tipps, die ihm sein Onkel in Witten gegeben hatte: Man soll nie mit nassem Körper am Band ziehen, das den Ein-/Ausschalter betätigt. Zum Beispiel dann, nachdem man – am ganzen Körper noch nass – aus der Badewanne gestiegen ist. Man könnte einen tödlichen Stromschlag bekommen. Man darf das Glühelement nicht anfassen, es besteht starke Verbrennungsgefahr. In den

1960er-Jahren gab es Geräte, die kein Schutzgitter vor der Heizschlange hatten. Der Heizstrahler sollte im eingeschalteten Zustand nie ohne Aufsicht bleiben. Andernfalls könnte mal das komplette Haus abfackeln. Seit der Zeit traute Lehr den Geräten nicht. Auch nicht als Erwachsener.

In der elterlichen Wohnung gab es eine freistehende, emaillierte Badewanne, unter der sich Dreck sammelte, weil die Seiten nicht verkleidet waren. Man sah den Siphon, daran Spinnweben. Es gab keine gekachelten Wände, keinen gefliesten Fußboden, sondern Auslegware. Linoleum. Die zwei kleinen Holzfenster, ein Flügel, ohne Kippvorrichtung, waren einfach verglast. Die Scheiben wurden mit dünnen Nägeln und Kitt gehalten. Im Winter bildeten sich innen Eisblumen am Glas. Beim Putzen fluchte seine Mutter immer über die Fensterkreuze und die angejahrte, abspringende weiße Farbe.

Unterhielten sich katholische Schwestern, die verheiratet waren, über Sex, den sie mit ihren Ehemännern hatten? Tante Gertrud lag nachts oft auf dem Bauch. Im Ehebett. Wegen ihrer Kopfhaare. Wenn sie vom Frisör kam: Dauerwelle. Sie hatte Angst, dass die Frisur sonst kaputt ginge. Konnte eine Frau auf Dauer auf dem Bauch schlafen? Über mehrere Stunden? Das machten eher Babys. Diese musste man jedoch beizeiten wenden, sonst erstickten sie. Ließ sich Tante Gertrud gern am ganzen, nackten Körper von Patenonkel Hans streicheln? Lehrs Vater hatte keine – über Tage und Wochen – ölig verdreckten Hautporen. Und Lehrs Vater hatte auch keine Pranken, sondern sensible Musikerhände.

In der Wohnung der Großeltern sowie der Pateneltern durften aus Hygienegründen keine Straßenschuhe getragen werden. Diese wurden an der Wohnungstür ausgezogen und, damit es im Treppenhaus ordentlich aussah, im Korridor auf ein Schuhbänkchen gestellt. Im besten Fall hatte man

Hausschuhe dabei. Waren diese nicht verfügbar, zum Beispiel bei einem spontanen Kurzbesuch oder hatte man sie vergessen, erhielt man warme Wintersocken.

Lehr hörte von seinen Niedersfelder Klassenkameraden, dass in manchen Wohnungen oder Häusern auch nur mit Hausschuhen gelaufen wurde.

Lehrs Eltern fanden es spießig, wenn man mit Hausschuhen durch Wohnungen lief. Dabei war es bequemer und sauberer mit Hausschuhen.

Als Lehrs Eltern 1986 erstmalig in dessen zweiter eigener Mietwohnung in Frankfurt/Main zu Besuch waren, mokierte sein Vater sich an der Wohnungstür darüber, dass er seine Straßenschuhe ausziehen solle, bevor er die Wohnung betrat.

Er habe das vor Jahren so entschieden und praktiziere es bei jedem Gast, so Lehr. Es sei hygienischer und er fühle sich wohler. Er selbst laufe auch nur in Hausschuhen durch die Wohnung. Es stünden Gästeschlappen zur Verfügung, so Lehr weiter. Der eigene Sohn hielt seinen leiblichen Vater und seine leibliche Mutter dazu an, die Straßenschuhe an der Wohnungstür auszuziehen. Der Vater tat es. Mit Murren. Seine Mutter ebenso. Aber dieses Verhalten wurde Lehr über Jahre nachgetragen. Von seinem alkoholkranken Vater. Das erfuhr Lehr immer dann, wenn er mit seiner Mutter telefonierte. Sein Vater sprach das nie direkt an.

Diawechsel. Es gab in Lehrs Verwandtschaft Priester, Ärzte, Lehrer, Handwerker, Landwirte. Onkel Gustav war Bauer. Diesen besuchten Lehr und Clemens während der Sommerferien 1967. Die Brüder reisten mit ihren Fahrrädern an. Vorgabe: Tagestour ohne Übernachtung. Morgens starten, abends ankommen. Die gesamten 90 Kilometer aus dem Hochsauerland legten sie mit ihren Zweirädern zurück. Nicht etwa einige Kilometer mit dem Zug. Von Niedersfeld nach Werries.

Während der Tour war ein heftiges Gewitter direkt über ihnen. Wind und Regen peitschte ihnen in das ungeschützte Gesicht. Ab dem Möhnesee rechts und links der Route flache Felder. Lehr zitterte. Sein Bruder erklärte ihm, dass man auf dem Fahrrad sicher sei. Die Reifen würden isolieren. Es gäbe keinen direkten, stromleitenden Kontakt zwischen Fahrrad-Metall-Rahmen beziehungsweise den Körpern und dem Boden. Man dürfe nur nicht anhalten. Denn dann stünden die Füße auf dem Boden und man wäre bei Einschlag ein Blitzableiter.

Um dem Gewitter zu entkommen und um keine Zeit zu verlieren, traten sie kräftig in die Pedale.

Trotz der Erläuterungen zu Blitz und Donner durchzuckte Lehr etwas Energetisches, was seiner Erfahrung mit einem Stromschlag zu Hause glich. An einer defekten Messingtischlampe hatte Lehr mal einen gewischt bekommen. Konnten das Blitze gewesen sein, die ihn getroffen hatten? Bis heute dachte er intensiv darüber nach. Und heute wusste er: Ein Fahrrad ist kein Faradayscher Käfig.

Clemens benutzte sein Vaterland-Rad mit Fünf-Gang-Kettenschaltung. Felgenbremsen vorne und hinten. Das war in den 1960er-Jahren für Alltagsfahrräder eine üppige Ausstattung. Fünf Gänge! Dazu Kettenschaltung. Viele besaßen – wenn überhaupt – ein Fahrrad mit Torpedo-Dreigang-Nabenschaltung und Rücktrittbremse. Manche Räder hatten Dreigangschaltung mit Freilauf. In dem Fall verfügte das Hinterrad über eine Felgenbremse.

Lehr besaß ein Fahrrad mit nur einem Gang und Rücktrittbremse. Es herrschte demnach keine Waffengleichheit. Dazu noch der Altersunterschied – 17 zu 10. Der sieben Jahre ältere, größere, kräftigere und erfahrenere

Bruder hatte das bessere Rad. Lehr besaß ein einfaches Herren-Fahrrad. Mit 28-Zoll-Rädern. Die Vorderbremse war über ein Bügel-Gestänge zu bedienen und wirkte per Gummiklotz auf die Reifenoberfläche. Bei zu wenig Luft im Reifen und bei Regen war die Wirkung praktisch gleich null.

Bergauf hatte Lehr große Mühe. Zuweilen mussten beide Räder geschoben werden. Sein Bruder solidarisierte sich dann. Zum Glück war während des Schiebens kein Gewitter. Am Ende der Tour war Lehr völlig erschöpft. Die Tour hatte ihn überfordert. Und auch Clemens stand die Anstrengung ins Gesicht geschrieben. Die Rückfahrt lag noch vor ihnen. Zehn Tage später. Zugfahrt mit Rädern aus finanziellen Gründen ausgeschlossen.

Sein Vater meinte im Vorfeld und Jahre später, dass eine solche Fahrradtour den Körper stählen würde. Als Junge müssen man solche Ausflüge durchstehen. »Ich habe als Kind auch solche Reisen gemacht«, beteuerte sein Vater immer wieder. Lehr konnte das nicht nachprüfen. Sein Vater erfand manchmal Geschichten. Alkoholkranke flunkern gern, um sich wichtig zu machen, um groß dazustehen.

Dort, auf dem Bauernhof, in Werries, während des Ferien-Aufenthalts mit seinem Bruder, schlug Lehr beim Betreten des Stalls beißender Fäkaliengeruch entgegen. »Diese zwölf Ferkel müssen umziehen«, sagte sein Onkel. »Da hinten hin! In das andere Gebäude!« Er wies mit seinem ausgestreckten Arm über den Hof, der betoniert war, zu einem frisch gestrichenen Stall auf der gegenüberliegenden Seite.

Onkel Gustav, Verwandtschaft mütterlicherseits, hatte sich kurz darauf über die Stallwand gebeugt, mit seinen starken Armen flink ein Ferkel gepackt und es Lehr an den Hinterläufen übergeben. »Vorsicht!«, sagte Onkel Gustav, »die Kleinen sind sehr kräftig. Du darfst sie nicht loslassen.

Wenn sie auch noch so energisch zappeln! Pack immer fest mit beiden Händen zu!« Das merkte der zehnjährige Lehr gleich, dass sie sehr ungehalten waren. Die Zappelei des Ferkelkörpers übertrug sich auf Lehrs Arme, die zu zittern begannen. Lehr umklammerte mit beiden Händen die Hinterbeine fester und hielt das rosa Tier auf Distanz, denn es begann, unvorhergesehen hin- und herzuschwingen.

Onkel Gustav gab Clemens auch ein Zappel-Ferkel. Dann griff er sich selbst vier und hatte später an jeder Hand zwei. Fest im Griff. Je eins an einem Hinterlauf. Köpfe nach unten.

Onkel Gustav folgend gingen sie schnellen Schrittes zum anderen Gebäude. Die Ferkel quiekten und strampelten. Doch Onkel Gustav ließ sich nicht irritieren. An seinem selbstsicheren Gang, seinem zielgerichteten Blick und den muskulösen, fest zupackenden Händen sah man, dass er solche Umsiedelungen schon häufiger gemacht hatte. Die vier Ferkel schienen in seinen Händen ruhiger zu sein. Sie hatten mehr Respekt. Offenbar lag das an seiner natürlichen Autorität.

Beim zweiten Transport war Lehr ein hängendes Ferkel mit dem Maul sehr nah gekommen. Es hatte versucht, ihn ins Bein zu beißen. Vor Schreck ließ Lehr es fallen. Es landete auf dem Betonboden und rannte im Galopp über den Hof. Onkel Gustav und Clemens hasteten sofort hinterher, um es einzufangen. Es gelang ihnen.

Auf dem John-Deere-Traktor durfte Lehr mitfahren. Aber nur seitlich, auf dem metallenen Sitz mit Bügel-Rückenlehne. Lehr sagte, er wolle auch mal den Traktor steuern. Aber es hieß, seine Beine seien noch zu kurz. Er sei noch zu klein dafür. Er käme nicht an die Pedale. Und habe nicht die Kraft, die Kupplung durchzudrücken. Jedenfalls nicht so, dass die Koordination geklappt hätte. Bei einem Traktor brauche man wesentlich mehr Kraft für das Kupplungspedal als bei einem PKW.

Sein 17-jähriger Bruder durfte den Trecker selbstständig lenken und die Pedale treten. Auf dem Feld, das gepflügt werden musste, um später die Saat auszubringen. Wie ein erwachsener Mann. Der Onkel ließ ihn gewähren, denn Clemens hatte bereits Trecker-Erfahrung in Niedersfeld gesammelt. Auf dem Acker. Und auf dem Hof seines Freundes. Natürlich nicht auf der Straße, denn er hatte keinen Führerschein. Das Steuern und Pedaltreten machte Lehrs Bruder Spaß. Aber Lehr war eifersüchtig und eingeschnappt. Zu gerne hätte er den Trecker gelenkt – wie ein erwachsener Mann.

Am Abend, bei Tisch, sah Lehr beim Beten, dass Onkel Ferdinand – Onkel Gustavs Vater – bei gefalteten Händen die Daumen umeinanderkreisen ließ:

»Aller Augen warten auf dich, o Herr, du gibst uns Speise zur rechten Zeit. Du öffnest deine Hand und erfüllst alles, was lebt, mit Segen. Amen.«

Das Daumenkreisen fand Lehr pietätlos. Offenbar nahm Onkel Ferdinand das Beten nicht ernst?

Als Kind hatte Lehr die Worte des Tischgebets stur auswendig gelernt. Lernen *müssen*.

Vor dem Essen: »Aller Augen warten auf dich, o Herr,

du gibst uns Speise zur rechten Zeit. Du öffnest deine Hand und erfüllst alles, was da lebt, mit Segen. Amen.«

Immer dann, wenn gebetet werden musste, sagte er die Zeilen wie ein Sprechautomat laut auf und stimmte in den Chor der Tischsitzer mit ein. Auch, um zu zeigen, dass er das Gebet beherrschte.

Nach dem Essen:

»Dir sei, o Gott, für Speis und Trank, für alles Gute Lob und Dank. Du gabst, du willst auch künftig geben. Dich preise unser ganzes Leben. Amen.«

Wenn Lehr ehrlich zu sich selbst war, hatte er die einzelnen Worte, die Bedeutung dieser Worte, erst 2009 verinnerlicht. Seine Seele empfand die Bedeutung bis zu dem Zeitpunkt als verschwommen.

Onkel Ferdinand war seit vielen Jahren tot. Nein, Lehr war nicht zu seiner Beerdigung gefahren. Dieser Teil der Verwandtschaft war ab den 1970er-Jahren nicht mehr an einem Kontakt interessiert. Oder Lehrs Stammfamilie war es nicht mehr. So genau ließ sich das nicht überprüfen. Verwandtschaftskontakte wollten gepflegt sein. Jedoch, bei Starkalkoholikern änderten sich die sozialen Beziehungen drastisch. Das fing mit der Verwandtschaft an. Führte dann über Freunde, Nachbarn, Bekannte und endete im Berufsleben. Die Familienkrankheit Alkoholismus verseuchte zunächst die Stammfamilie als Kern. Später die Peripherie. Alles drehte sich um den Trinker. In Lehrs Fall um zwei: Vater und Bruder.

Auf dem Frühstückstisch stand Rübenkraut. In einem gelben Pappbecher. Onkel Gustav starb an Krebs. Er war ein lustiger Kerl. Außer Schweinen gab es Kühe, die gemolken werden mussten. Mit Melkautomaten. Später wurden die gefüllten, metallenen Milchkannen am Straßenrand unweit des Hofes auf einem Holzgestell deponiert. Dort holte sie ein LKW ab und brachte sie in die Molkerei. Im Tausch wurden gereinigte Milchkannen zurückgelassen.

Onkel Gustav und Großonkel Ferdinand gehörten zur Verwandtschaft seiner Mutter. Denkbar war, dass dieser

Verwandtschaftszweig zur Hochzeit seiner Eltern kam. Onkel Gustav hatte auch Kinder. Aber weder an Namen noch an Charakterzüge erinnerte sich Lehr.

Lehrs Bruder bekam Colitis Ulcerosa. Mit 17 Jahren. Damals dachten alle innerhalb der Familie, er hätte deswegen Durchfall, weil er immer so viele Süßigkeiten aß. Vornehmlich kaufte er diese an Kiosken. Auf dem Schulweg. Ärzte in Krankenhäusern diagnostizierten, dass sein Bruder im Alter von 17 auf der biologischen Stufe eines 14-Jährigen stehe. Clemens verbrachte mehrere Monate in Krankenhäusern. 1967 war er schließlich in der Marburger Universitäts-Klinik. Dort verlangte ein Chefarzt, dass sein Bruder masturbieren solle, zwecks Genom-Analyse. Seine Eltern, die vom Chefarzt zuvor informiert wurden und der um ihre Unterstützung bat, regten sich fürchterlich über diesen Vorschlag auf. Als strenge Katholiken lehnten sie derlei Handlungen strikt ab.

Der Arzt musste daraufhin seinen Untersuchungsreigen einschränken.

Ich, Lehr, schreibe in mein Tagebuch:

Dienstag, 6. Juni 1995, 8:02 Uhr, [Niedersfeld, FeWo].

Habe gerade gefrühstückt. Brötchen mit Bananenmarmelade und Schokostreuseln. Natürlich hintereinander. Brötchen von Bäcker Hüther. Der inzwischen in vielen anderen Orten Filialen hat.

(Bandeintrag)

Bin aufgewacht, weil es etwas kühl ist. Träumte von einem Herrn Witte, der hier in meiner Ferienwohnung eine Dichtung am Wasserhahn erneuert hat. Und zehn Mark allein an Materialkosten auf die Rechnung schrieb. Zehn Mark für eine lausige Dichtung.

Ich traute mich zunächst nicht, ihn daraufhin anzusprechen. Tat es dann aber doch; habe mich überwunden. Das heißt er hat's nicht quittiert, sondern hat mir zehn Mark abgenommen, ohne Beleg. Das hat mich geschockt.

Woraufhin ich ihn bat, mir diese zehn Mark zu quittieren. Er quittierte mir fünf Mark. Das war erstens nicht korrekt, zweitens weiterhin überteuert. Und so bat ich ihn, zehn Mark zu quittieren. Er redete sich zunächst mit den fünf Mark heraus. Mit irgendwelchen dubiosen, unlogischen Ausreden, nur um die zehn Mark nicht quittieren zu müssen. Ich merkte dann, dass er sich mehr und mehr herumwinden wollte, die zehn Mark aufzuschreiben.

Ich war sehr hartnäckig. Es kamen dann noch andere Leute dazu. Und ich erwähnte, dass ich für diese kleine Dichtung zehn Mark bezahlt habe. Ich bestand darauf, dass er mir auf die Quittung zehn Mark schreibt, weil ich das Geld vom Eigentümer der FeWo zurückerstattet haben will.

Es waren später noch fünf andere Erwachsene anwesend, die Herrn Wittes Verhalten missbilligten. Folglich kam der Handwerker nicht drumherum, diesen Betrag zu korrigieren. Er hat sich extrem gewunden und es war ihm äußerst unangenehm – im Beisein der anderen Leute.

Bin sehr müde und ziemlich, ziemlich k.o. – von diesem Traum. Mir ist kalt hier, im Zimmer.

Habe aus dem Fenster gesehen. Das Dorf liegt im Nebel, eingehüllt in einen Schleier. Ich vermute, es ist kalt draußen.

Die Weckzeit steht auf acht Uhr. Es sind demnach noch vier Stunden bis zum Morgen.

Bin sehr unruhig, jetzt um zehn oder fünfzehn nach vier. Höre augenblicklich Chris Rea. Versuche, mich auf die Dias zu konzentrieren, die mir durch den Kopf schwirren und mich nicht schlafen lassen. Es sind diffuse Dias. Es ist, als schaue man durch dreizehn Dias gleichzeitig. Dreizehn Dias, die ein Projektor auf einmal auf eine Leinwand projiziert.

Sie haben mit dem Dorf zu tun, ja, und mit meinem emotionalen Werden hier in dem Dorf.

Der Projektor zeigt plötzlich ein einziges Dia: Das Spiel vom Abdrängen mit Fahrrädern vor der Dorfhalle, wo diese gemauerten Säulen sind. Da fuhren wir Slalom und benutzten diese Pfeiler als Abdrängmitspieler oder wie man das auch immer nennen möchte.

Wobei es eine Grundregel gab: Wer mit dem Fuß den Boden berührte, schied vorzeitig aus. Wer sich allerdings ne Weile mit der Schulter anlehnte oder sich mit der Hand abstützte, an dieser Säule, ohne mit dem Fuß den Boden zu berühren, konnte nicht belangt werden.

An einem Tag bin ich frontal und sehr mutig auf jemanden zugefahren. Niemand wollte dem anderen ausweichen. Die Vorderreifen sind sehr knapp aneinander vorbeigeglitten. An der Vorderachse meines Rades befanden sich Flügelmuttern. Solche Flügelmuttern, die noch keine Plastikschutzkappe trugen, wie ihre spätere Generation. Diese Flügelmuttern hatten spitze Enden, standen waagerecht und so hat sich eine beim Fahrrad meines Spielkameraden in den Mantel gebohrt. Es zischte. Wir hatten viel Schwung drauf und so waren der Mantel und der Schlauch kaputt.

Ein anderes Dia: Ich war allein unterwegs, war ziemlich gedüst. Vor dieser Dorfhalle fuhr ich allein Slalom um die Säulen. Irgendwann wollte ich sehr knapp an einer solchen Säule vorbei. Schlängelte mich in einem ordentlichen Tempo heran; schaffte das Manöver aber nicht mehr und das Vorderrad knallte mit Karacho an die Säule.

Das Hinterrad stieg in die Höhe, mein Kopf schnellte in den Nacken und mein Brustkorb flog vor die Säule. Reflexartig hielt ich mich an der Säule fest, rutschte aber alsbald zu Boden.

Ein anderes Dia ist eine Filmvorführung in der Dorfhalle. Die sehr gut besucht war. Denn hier im Ort gab es kein Kino.

Doktor Schiwago mit Omar Sharif in der Hauptrolle. Erwachsene hatten einen Filmprojektor aufgebaut (kann das der dunkelgrüne 16 mm Siemens-Projektor aus der Schule gewesen sein?). Auf Eintrittsbasis gab es für Jugendliche und Erwachsene die Möglichkeit, Dr. Schiwago zu sehen. Die Halle war überfüllt. Die Masse der Menschen machte mir Angst. Und die Lautstärke. Es kam mir alles sehr fremd vor. Außerdem waren sehr viel ältere Kinder darin. Wahrscheinlich auch aus anderen Dörfern. So eine Filmvorführung spricht sich in der Region schnell rum. Ich wollte auch in die Halle, schämte mich aber, auch deshalb, weil ich keine Erlaubnis der Eltern hatte. Und die zwei Fünf-Pfennig-Stücke in meiner Tasche reichten nicht.

Heute weiß ich, dass ich vornehmlich Angst vor dem Unbekannten hatte. Und Angst vor so vielen fremden Leuten in einer dunklen Halle. Außerdem hatte ich noch nie einer öffentlichen Filmvorführung beigewohnt.

Ein Freund meines Bruders erkannte mich. Der sprach mit dem Kassierer und ich durfte mit ihm so rein. Das fand ich aber nicht korrekt, dass ich nichts bezahlen musste.

Ich hab dann ganz hinten gesessen. Ich glaube auf einem Schanktisch, der sonst (zu Schützenfestzeiten) vorne steht. Ich kann mich noch erinnern: Die Platte des Schanktischs war mit Zinkblech beschlagen – oder einem ähnlichen Material. Jedenfalls dort, wo ich saß, konnte ich die Leinwand nicht sehen, weil viel zu viele Leute in der Halle waren und eine Menge Köpfe davor. Es muss eine Nachmittagsvorstellung gewesen sein. Abends hatte ich keinen Ausgang.

Von der Handlung habe ich nichts verstanden. Ich dachte immer wieder: Dr. Schiwago – was für ein seltsamer Name! Ich weiß gar nicht, was da passiert ist. Der Film war überhaupt kein Genuss, weil ich nur den Ton hörte.

Hinterm Schanktisch wurde es unruhiger. Einige Jungs, die bislang in der Nähe standen, hatten die Holztreppe nach oben, zum »Vorführraum« entdeckt und hatten sich an den Zuschauern, die auf den Stufen standen, um eine bessere Sicht zu haben, vorbei gequetscht. Dann zog mich ein Junge am Ärmel, ich solle mit hochkommen, dort könne man viel besser sehen.

Wir drückten uns beide auf der Treppe an den Anwesenden vorbei. Im Vorführraum sah ich kurz einen sirrenden Projektor, rotierende Filmspulen, den gleißenden Lichtkegel durchnetzt mit Staubpartikeln, der aus der Linse trat.

Es war stickig und eng. Halbstarke zischelten, wir sollen leise sein und wieder gehen; es sei zu eng für so viele.

Ich hatte Platzangst und wollte so schnell wie möglich wieder runter. Zudem waren auch hier die besten Plätze belegt. Ich ging hinunter und verließ die Dorfhalle.

Es ist jetzt fünf Uhr. Und ich bin gerade auf dem Balkon, draußen ist es sehr frisch. Hatte die Idee, zwei Panorama-Fotos von hier oben zu machen. Aber mein Stativ ist im Auto. So habe ich die Idee abgegeben. Aber nicht verworfen.

Sitze jetzt mit Blick auf »mein Dorf« und einem Kum-Nye-Licht vorm Fenster und höre Musik. [Kum Nye = tibetisches Heilyoga.]

Nehme wahr, wie der neue Tag beginnt.

Habe gerade ein Farbfoto vom Fenster und diesem Kum-Nye-Licht gemacht. Sitze jetzt am Fenster und sehe, wie der Morgen beginnt.

Habe mich gerade entschieden, nachher frische Brötchen fürs Frühstück zu holen. Erinnere mich an das Dia, dass uns frische Brötchen gebracht wurden. Von Dorfbäcker Hüther. Die Brötchentüte aus Papier stand dann unten an der Tür. Am kleineren Türeingang zu den Dienstwohnungen, links vom Haupteingang, auf dem Treppenabsatz.

Komme gerade vom Brötchenkauf. Die beiden jungen Verkäuferinnen wirkten »streng« auf mich. Meint: Die Euro-Zeichen waren in ihren Pupillen zu sehen. Nicht anders als in vielen Großstädten. »Komm, Kunde, äußere schnell deinen Kaufwunsch, wir bedienen dich rasch. Dann kriegen wir deine Kohle und du verschwindest!«

Habe beim Gang zur Post, wo ich die Postkarte »Balance« an mich selbst einwarf; schickte mir selbst eine an die Frankfurter Adresse. Das Dia erinnert mich an die Drogerie, die neben der Post ist: Radiergummikauf, Füllerkauf oder weitere Artikel, die eine Drogerie führt.

Stichwort: Radiergummi. Es gab in den 1960er-Jahren transparentmilchige Radiergummis, die einen roten Strich hatten. Und es gab mal eine Zeit, da musste ich meine Eltern davon überzeugen, dass ich genau dieses Radiergummi wollte und nicht die für mich altmodisch dunkelroten, intransparenten, oder ebenso intransparenten dunkelblauen. Dieses transparentmilchige Radiergummi radierte viel gründlicher und »warf« vor allem viel besseren »Abfall« ab. Diesen Effekt hatte ich bei einem Mitschüler beobachtet. Es drehte die Graphitreste zu kleinen »Rollen« und band sie in das abradierte Gummi ein. War einfach besser. Ich musste viel Überzeugungsarbeit leisten, bis mir mein Vater dann genehmigte, mir ein solches Radiergummi für 80 Pfennig zu kaufen.

So. Jetzt wird gefrühstückt.

Erinnere mich spontan an das Dia vom stählernen Schneeschieber, den wir auf der Freitreppe der Schule und drumherum benutzen mussten. Dieser war schwarz, mit einem Holzstiel und machte immer sehr viel Krach. Dieses Stahlblech auf Eis. Ein sehr kalter Klang, stählerner Klang und ein sehr schabendes Geräusch.

(Bandeintrag)

Ich muss krank sein. Komme im Moment von der Dorfhalle, das heißt im Zuge dessen vom Einkaufen für den Mittagstisch. Habe spontan beim Fremdenverkehrsverein die Niedersfelder Dorfchronik für 50 Deutsche Mark gekauft. Die Damen kannte ich nicht. Und sie erkannten mich auch nicht. Wie auch? Nach so vielen Jahren! Ich bin nicht verrückt, weil es um den Preis geht; das Buch ist den Preis wert.

Ich bin wirklich verrückt. Bin jetzt wieder in der Wohnung und mir ist kotzübel. (Tiefer Seufzer …)

Was suche ich überhaupt hier? – Meinen emotionalen *V A T E R!*

Spüre im Augenblick wieder tiefen Hass gegenüber meinen Eltern. So massiv spürte ich ihn noch nicht, seit ich hier bin. Könnte mich verletzen. Darf ich als erwachsener Sohn den alkoholkranken Vater als Vater-, als Lehrer-Autorität entblößen?

Darf ich als erwachsener Sohn die Kinder-Bambus-Stockschläge der Mutter öffentlich machen?

Blättere in der Chronik. Lese weiter in der Dorfchronik. Habe das über die Schule gelesen; lese jetzt weiter, was mit der Kirche war, mit dem Umbau, Anbau und so weiter. Da! Ein abgedrucktes schwarz-weiß Foto meines Vaters!

Schwanke zwischen: »Was soll das hier alles?« – »Warum bin ich hier? Jetzt?! In diesem Dorf?« – »Was ist das für eine fixe Projekt-Idee?« – und »Ohnmacht«. Also zum einen destruktiv gefangen zu sein in der eigenen Kindheit und zum anderen all das hinter sich zu lassen.

Also auch so ein Gefühl heute: Je weiter ich mich emotional hineinwage, desto undurchsichtiger, unlösbarer und noch weniger loslassbar wird dieser ganze Scheiß. Ich verliere mich da nur noch mehr. Das ist heute mein Gefühl.

Ich komme mir im Augenblick klein und hilflos vor – wie ein Fünfjähriger.

Entdecke gerade in der Chronik den Namen des Hausmeisters Moritz Gansol, der am 1. August 1965 extra für die neue Schule seinen Dienst antrat. Seinerzeit fragte ich meinen Vater noch, was das denn sei, ein Hausmeister, und er sagte, das sei ein Mann, der sich ausschließlich um die Schule kümmere: Reinigung, Reparaturen, Bewachung (z. B. nachts).

Herr Gansol besaß die »größere Isetta« – offiziell bezeichnet: BMW 600. An der Vorderfront eine Tür zum Ein- und Aussteigen, wie bei der kleinen Isetta. Hinten rechts eine Tür für die Fond-Passagiere. Blau-weiß lackiert. Ich glaube, unten blau mit einem weißen Dach. Die vier Räder waren ähnlich angeordnet wie bei einem VW Käfer. Also nicht wie bei der kleinen Isetta, bei der die hinteren Räder dicht beieinander standen.

Ein komisches Gefährt, fand ich. So eins hatte ich zuvor noch nie gesehen. Die kleinen Isettas kannte ich. Aber die großen? Herr Gansol hatte deshalb ein so großes Auto, weil er zwei Kinder und eine Frau hatte. Sie wohnten gemeinsam neben der neuen Schule in einer eigens dafür gebauten Hausmeisterwohnung. Ein extra Haus für eine Hausmeisterfamilie gab es für die alte Schule nicht.

Die neue Schule wurde im Dezember 1965 eingeweiht und in Betrieb genommen. Ab da hieß sie Thomas-Morus-Schule.

Das hat mich erstaunt (ich meine, dass das im Winter war. Bei Schnee und Eis. Ich hatte ein anderes Dia vom Richtfest im Kopf.) Ach ja, hier steht noch, dass am Sonntag, 12. Dezember 1965 ein »Tag der Offenen Tür« für die Bevölkerung war.

Überrascht mich noch immer, dass das mitten im Winter war. Na gut.

Lese gerade hier den Namen Roland Piltz (Zahnarzt), der mit seiner Praxis 1973 nach Winterberg umgezogen ist. Wahrscheinlich verdiente er in Niedersfeld nicht mehr genug Geld. Ähnlich wie der praktische Arzt Dr. Bergmann. Steht ebenso in der Chronik.

Mir ist kotzübel.

Erinnere mich an das Dia von Küstelberg. Vater fuhr, es war im Winter, abends, dunkel. Wir sechs kamen mit dem Lloyd von irgendeinem Besuch. Und am Schlossberg war es spiegelglatt. Polizei, Krankenwagen, Abschleppwagen, kaputte Autos, Gelb- und Blaulicht. Vater stoppte den Lloyd, öffnete das Fenster. Ein Polizist riet uns, einen Umweg zu fahren. Es sei hier zu gefährlich.

Der Schlossberg war so steil, dass es der Lloyd unter Vollbesetzung nicht schaffte, den Berg hinauf zu fahren. Es mussten vorher alle aussteigen. Bis auf Vater.

Habe das Gefühl, dass die Erinnerungs-Dias, die ich heute und in den letzten Tagen anschaute, mich nicht weiterbringen. Ich schalte die Dias per Fernbedienung in rascher Folge durch. Die Mechanik des Projektors klackt unkontrolliert. Dringe im Moment emotional nicht tiefer ein. Oder ich will nicht. Ich weiß es noch nicht.

(Ende Bandeintrag)

Mein Gefühl im Moment? Gut und schlecht zugleich. Ich verstehe mich nicht. Ich hacke hier das Zeug so runter, am PC. Dias überfluten mich. Vielleicht sollte ich nicht der Hauptspur meines Gefühls folgen, sondern den Nebenspuren?

Hauptspur? = Ich bin das wichtigste in meinem Leben! Nicht meine dysfunktionale Stammfamilie. Ergo wären sie die Nebenspur.

Ich bin froh darüber, dass ich die Chronik kaufte und somit weitere Fakten erhalte.

Unterm Strich kommt mein Vater in dieser Chronik doch sehr gut weg. Er wurde mehrmals in Texten lobend erwähnt. Auf Seite D-76 ist er gemeinsam mit dem Pfarrer und seinem Stellvertreter (Lehrer Hahn) während des »Eierlaufens« beim Karneval lächelnd auf einem Schwarz-Weiß-Foto zu sehen. Per Chronik hat man ihm für seine Aktivitäten in diesem Dorf gedankt. Was will ich also mehr? War mein Vater angetrunken, als das Foto entstand? Hatte er seinen Alkohol-Pegel intus, damit er den Disstress-Karneval in der Dorfhalle ertrug?

Es drängt sich mir immer wieder verstärkt der Verdacht auf, dass mein Vater viel mehr Streicheleinheiten wollte. Dieser Wunsch ist Alkoholkranken eigen. Sie sind mimosenhaft. Das ist meine Erfahrung als erwachsener Sohn. Ich lebte 25 Jahre mit meiner Stammfamilie zusammen. Erst erlebte ich den trinkenden Vater, dann den trinkenden älteren Bruder. Experten sprechen davon, dass die Alkoholsucht auch deshalb entsteht, weil manche Menschen auf der Flucht sind. Auf der Flucht vor Lebensproblemen und ihren Lösungen. Ein Therapeut sagte mir mal: »Ihr Vater hatte *künstlerische Talente, die er lebte. Mit deren Hilfe konnte er viel und über einen gewissen Zeitraum von seiner Alkoholsucht kaschieren. Bis auch das nicht mehr ging.«*

An anderer (früherer Tagebuch-Eintrag; keiner von dieser Niedersfeld-Zeit) Stelle sprach ich das schon mal an. Verkürzt rufe ich mir das in Erinnerung: Mein Vater war innerlich nicht stabil. Er wollte, er <u>brauchte</u> Anerkennung von außen, um etwas zu sein. Und meine Mutter hat das mit ihrer Co-Abhängigkeit noch gepusht: »Ich habe den besten Mann der Welt. Er ist der Vater meiner Kinder. Er ist Schulleiter. Er ist Vollblutmusiker. Er bildet Lehrer fort. Er ist Vorzeigekatholik. Er unterhält mit seinem Klavier-/Akkordeonspiel, seinem Gesang und seinen Kalauern die gesamte Dorfhalle während eines Schützenfestes.«

Als dieses Fremdbild durch die Sauferei zusammenbrach, stahl sich mein Vater verbittert davon. Meine Eltern haben das Dorf Niedersfeld nach dem Umzug im Juni 1969 nie wieder betreten. Auch nicht, als sie von offizieller Seite zur 650-Jahr-Feier 1983 eingeladen worden waren.

Und ich? Ich möchte aber daran arbeiten, mein Leben trotz dieser emotionalen Defizite, die ihren Ursprung in der Familienkrankheit Alkoholismus haben, besser in den Griff zu bekommen.

So. Es reicht erstmal für heute. Mache jetzt Kum Nye. Worauf ich mich freue. Das ist wichtig, um loszulassen. 17:08 Uhr.

Ich, Lehr, schreibe in mein Tagebuch:
Mittwoch, 7. Juni 1995, 05:48 Uhr, [Niedersfeld, FeWo].

Komme gerade aus Brilon. Ich muss verrückt sein! Bin jetzt hinter Olsberg auf der B 480 und kann mich an die starken Kurven erinnern, die ich passierte und die ich noch passieren werde. So sahen sie zu meiner Kindheit aus.

Brilon - Korbach 38 Kilometer. Niedersfeld - Brilon 20 Kilometer. Macht hin und zurück 120 Kilometer am Tag.

Saß eine ganze Weile im Pommernring 78 beziehungsweise im Park davor. Im Auto. Dort wohnt Frau Bräbander, ehemals Grewen, in Brilon. Das hatte ich vor meiner Abreise in Frankfurt recherchiert. Ihre Adresse. Im Telefonbuch. Sie hatte zwischenzeitlich geheiratet und trug den Namen ihres Mannes. In der soeben gekauften Dorf-Chronik finde ich ihren jetzigen Namen. Fräulein Grewen war ab 1970 Konrektorin der Grundschule. Später ihre Leiterin.

Wusste jetzt auch nicht genau, warum ich das tat.

Nehme an, dass das der Holzweg war. Eine fixe Idee, hierher zu fahren. Ich hätte auch gerne gesehen, wie sie sich verändert hat.

Auf der Straßenkarte schaue ich, wie ich von hier aus nach Brilon komme. Es sind 22 Straßenkilometer. Ich will schauen, wo sie genau wohnt und wie sie wohnt. Etwa zur Miete? Oder hat sie ein eigenes Haus mit Grundstück? Hat man immer ein Grundstück, wenn man ein Haus hat? Ich meine: hat man immer ein Grundstück ums Haus herum, welches größer ist, als die Grundfläche des Hauses? Oder gibt es Menschen, die in Häusern leben, bei denen das Grundstück exakt der Grundflächengröße entspricht?

Mein Herz schlägt vor Aufregung auf einmal schneller. Nur 22 Straßenkilometer trennen mich von meiner ersten Schullehrerin. Hatte ich erwähnt, dass ich mich in Fräulein Grewen verliebt hatte? Damals? Sie war erst 23 Jahre alt. Brünett. Glatte, feine Haut. Eine schlanke Figur. Modisch gekleidet. Sie konnte lächeln. Ich hätte sie gerne auf ihre geschwungenen Lippen geküsst. Als Junge. Mein Vater hätte mich dafür windelweich geschlagen.

Meine Mutter war, als ich mit sechs Jahren eingeschult und Fräulein Grewen kennenlernte, 43 Jahre alt. Demnach eine ältere Frau. War meine Mutter deshalb eifersüchtig?

Ich parkte mein Auto in ihrer Straße. Nicht direkt vorm Haus. Das musste nicht sein. Ob sich Fräulein Grewen an mich erinnern würde? An den Sohn des katholischen Hauptlehrers, mit dem sie ein mehrjähriges Verhältnis hatte? Nach meinen Recherchen ein Verhältnis, das über sieben Jahre lang andauerte.

Ich klingelte an ihrer Tür, die sie nach einer Weile öffnete: »Guten Tag, Frau Bräbander, mein Name ist Thomas Lehr, ich bin der jüngste Sohn von Franz Lehr, Niedersfeld. Ich war ihr Schüler in der 1. und 2. Klasse. Von 1963 bis 1965. Erinnern Sie sich an mich?«

Ich leide noch heute darunter, dass Sie mit meinem Vater ein Verhältnis hatte. Beide waren Katholiken. Ich wurde streng katholisch erzogen. Das zehnte Gebot lautet: ›Du sollst nicht begehren deines Nächsten Weib, Knecht, Magd, Vieh noch alles, was dein Nächster hat.‹ Wie lässt sich das vereinbaren, Frau Bräbander?

Sie gaben mir damals Noten. Das dunkelgrüne Zeugnisheft habe ich noch heute. In meinem Aktenordner. Auf dem Rücken des Aktenordners steht von mir handgeschrieben: ›NUR Original-Zeugnisse! Keine Kopien‹.

In dem A5-großen Zeugnisheft stehen Ihre Unterschriften. Insgesamt vier. Auf der 2. Seite im Zeugnisheft steht ein Text ›Vorbemerkung‹. Der Anfangssatz lautet: ›Im ersten Schulhalbjahr soll das Kind zunächst schulfähig gemacht werden.‹

Sie erteilten mir als Gesamtnote ein ›Befriedigend‹ dafür.

Und im 2. Halbjahr steht zu lesen: Führung: ›gut‹. Beteiligung am Unterricht: ›befriedigend‹. Häuslicher Fleiß: ›gut‹. Religionslehre: ›gut‹.

Gaben Sie mir auch deshalb gute Noten, weil Sie es sich mit meinem Vater nicht verderben wollten? Sprachen Sie mit meinem Vater über meine Leistungen? Wenn Sie privat zusammen waren? Wo trafen Sie sich denn immer?«

Meine Mutter sagte später häufig: »Vater hat sich deshalb in die Grewen verliebt, weil sie seiner ersten Frau so ähnlich sah.«

Von Magdalena, der ersten Frau meines Vaters, gab es ein Schwarz-Weiß-Foto. Im Tischaufsteller auf dem Schreibtisch.

Allerdings wusste ich im Alter von sieben Jahren noch nicht, dass mein Vater schon einmal verheiratet war. Erst mit fünfzehn erfuhr ich von diesem Familiengeheimnis.

Und meine Mutter sagte oft: »Wenn wir – deine Eltern – tot sind, wird Vater im Himmel mit zwei Frauen verheiratet sein: mit Magdalena und mir.«

Magdalena hatte dunkle, gewellte Haare. Ein ebenmäßiges Gesicht. Sie war eine sehr hübsche Frau. Eine Frau, in die man sich schnell verliebt. Als Mann. Vater hatte einen guten Geschmack.

Wie lange würde meine Reise nach Brilon dauern? Hätte ich den Mut, meine Idee in die Tat umzusetzen? Wie würde Frau Bräbander reagieren? Wäre sie überhaupt da? Würde sie ein Geständnis ablegen? Möglich wäre, dass sie alles abstreitet. Es könnte sein, dass sie mir die Tür vor der Nase zuschlägt.

Würde sie mir Noten für mein Verhalten geben? Ein Feedback? Wie lange bleibt ein Mensch der Schüler seiner Lehrerin? Sind Lehrerinnen und Lehrer Vorbilder? Lebens-Vorbilder? Aus der Schule ist man nie.

Rückfahrt nach Niedersfeld.

Schweißgebadet schrecke ich aus diesem Traum auf.

Meine Vorstellung: Ich hätte die Frau gerne mal im gegenwärtigen Leben gesehen. Ob das meine Gefühlslage zur Vergangenheit verbessert hätte, weiß ich nicht.

Alte Wunden soll man nicht aufreißen. Oder? 07:10 Uhr.

Hatte er erwähnt, dass seine Eltern ihre Hochzeit nicht aus eigener Tasche bezahlen konnten? Sie heirateten 1949 in Frankenberg, Hessen. Seine Eltern mussten dazu Schulden machen. Für ihre eigene Hochzeit. Viele Gäste sollten am Hochzeitsort übernachten. Kosten! Zusätzlich zu dem Hochzeitsmahl, das sie bezahlten. Unter anderem baten sie Lehrs Onkel, Chefarzt, um Unterstützung. »Mein Schwager verdient genug Geld, der kann uns ruhig was leihen«, so

Lehrs Vater. Lehrs Mutter musste ihren Bruder fragen. Der lehnte dankend ab, was seinen Vater erzürnte. Sie verschuldeten sich anderweitig.

Lehrs Eltern hatten bereits 1949 extreme Finanzprobleme. Lehrs Vater war alleinerziehend, mit Tochter Veronika und einem geringen Gehalt als einfacher Dorflehrer. Lehrs Mutter hatte, als sie noch ledig war, nach ihrer Ausbildung als Fremdsprachenkorrespondentin, ein paar Jahren Berufserfahrung, der Umschulung zur Volksschullehrerin – untere Klassen – gemacht. Nach der Heirat hatte sie alle Berufe aufgegeben und war Mutter und Hausfrau geworden.

Warum verdiente sie nicht zusätzlich Geld als Nachhilfe-Lehrerin? Oder als Sekretärin, stundenweise? In einem Büro. Übersetzungen: Deutsch – Französisch. Stenografie und 10-Finger-Schreibmaschinensystem – auf mechanischen Schreibmaschinen! – waren für sie kein Problem. Im Gegenteil: Sie machte sich jahrzehntelang darüber lustig, wenn zum Beispiel jemand im Fernsehen die Lettern auf der Schreibmaschine erst suchen musste und dann lediglich mit zwei Fingern tippte. »Haha! Zwei-Finger-Suchsystem …!« verbalisierte Lehrs Mutter laut-reflexartig.

Lehr schämte sich für diese Aussage.

Besuch bei der Familie Baldrian in Bödefeld, Hochsauerland, Verwandtschaft mütterlicherseits. Der weiße Opel Kapitän P 2,6. Heckflossen. 90 PS. 6 Zylinder, Viertaktmotor. Panoramascheiben vorne und hinten. Verchromter Hupring. 2600 cm³ Hubraum. Durchgehende Sitzbank vorne. Lenkradschaltung. Radio. Analoguhr. Weißwandreifen. Anhängerkupplung. Waagrecht angeord-nete, ovale Hauptheckleuchten. Höchstgeschwindig-keit 150 km/h.

Dieses Modell wurde gebaut zwischen 1959 und 1963. Es wurde erzählt, dass Lehrs Onkel manchmal einen

Landwirtschaftswagen daran hing und diesen wegzog. Der Kapitän war stark genug, um beladene Anhänger zu bewegen. Das hätte ihr Lloyd niemals geschafft. Der hätte als Zweitakter ordentlich hellblau aus dem Auspuff gequalmt, nach verbrannter Kupplung gerochen und schlussendlich wäre der luftgekühlte Motor wegen Überhitzung verreckt. Der Anhänger wäre möglicherweise nur zwei Meter bewegt worden.

Was für ein Bild: Der Landwirt mit dem Flaggschiff der Firma *Opel*. Grundpreis 1959: 10.000 Deutsche Mark. Und die Lehrersfamilie mit einem Leukoplastbomber. Grundpreis 3.780 Deutsche Mark. »Wer den Tod nicht scheut, fährt Lloyd!«

Bauern waren selbstständig und mussten sich immer kümmern. Auch samstags, sonntags, an Feiertagen. Hatten sie freie Tage? Machten sie mal Urlaub?

Sie arbeiteten mit und in der Natur. Sie mussten sich mit ihr arrangieren. Sie mussten sich auskennen: mit Getreidesorten. Mit Böden. Mit Viehhaltung. Mit Tiererkrankungen. Eine Bauern-Familie war per se anders strukturiert als eine Lehrers-Familie.

Diawechsel. Tante Gertrud in Witten hatte eine runde Neonleuchte in der Küche. Als Deckenlampe. Die kannte Lehr von Niedersfeld her nicht. Bei Lehrs gab es ausschließlich Lampen mit Glühdraht. Zuvor hatte er runde Neondeckenleuchten nie

gesehen. Sein Patenonkel Hans kam mittags zum Essen. Aus seiner Werkstatt. Über den Gartenweg. Das war nicht weit. Etwa 80 Meter. Patenonkel Hans musste nur durch die Natur gehen. Kurzer Weg zur Arbeit, also. Hin und zurück. Der Onkel trug immer graublaue Kittel. Dazu eine farbähnliche Arbeitshose. Schwarze Lederschuhe mit

Stahlkappe. Also keinen Overall. Keine Kombination: Arbeiterlatzhose und Arbeiterjacke. Oder ausschließlich eine Latzhose, im Sommer. Wahrscheinlich fühlte er sich mit einem Kittel mehr als Chef. Als Werkstattleiter. Der normale Malocher trug damals keinen Kittel. Interessant, nicht wahr? Hierarchien – angezeigt durch Kleidung – in Werkstätten und Fabrikhallen. Seine großen Hände musste Onkel Hans im Waschbecken in der Werkstatt waschen. Mit der Handwaschpaste Reinol. Über dem Werkstatt-Emaille-Becken. Das befand sich unter seinem Büro. Dieses war über eine Stahltreppe nach oben zu erreichen. Das Büro war praktisch in die Halle gebaut worden. Ein Kasten aus Holz mit Fenstern, einem Dach – hoch oben unter der Decke der Werkstatt. Auf Stahlstreben. Das sparte Stellplatz in der Werkstatt und verschaffte natürlich dem Besitzer immer einen Überblick über die Arbeiten, die unten stattfanden. Bei geschlossener Tür war es dort geräuschärmer. Elektrisch betriebene Drehbänke und Kräne machten Lärm. Auf das Händewaschen in der Werkstatt legte Lehrs Patentante größten Wert. Beim Anblick der Waschprozedur dachte Lehr:

›In der Küche ist auch ein Waschbecken, warum wäscht Onkel Hans seine Hände nicht dort?‹ Onkel Hans erklärte, dass seine Hände zu schmutzig seien und sie deshalb das Küchenwaschbecken arg verdrecken würden. Nichtsdestotrotz würde er seine Hände ein zweites Mal in der Küche waschen. Das Reinigen in der Werkstatt sei für den groben Dreck. Der süßliche Geruch des Reinol stieg Lehr in die Nase. Anfangs wunderte er sich, warum Patenonkel Hans seine Hände nicht in der Wohnung wusch. Dann wurde ihm klar: seine Patentante Gertrud machte dem Patenonkel Druck.

Wie machten sie das beim Sex? Tolerierte Lehrs Tante solche Drecksfinger überhaupt auf ihrer Haut; geschweige denn in Körperöffnungen? Oder verweigerte sie sich? Denn: Wer täglich mit Öl, Fett, rohem Metall, Drehbänken, Drehspänen umging, bekam seine Hände kaum noch sauber. Der Schmutz saß wortwörtlich porentief. Eine Frau musste sauber sein. Ein arbeitender Mann auch. Lehrs Vater hatte von seiner beruflichen Arbeit nie ölverschmierte Hände.

Die gezwirbelten Drehspäne, teils so lang wie Spagetti, lagen an vielen Stellen. Onkel Hans hatte zu Lehr gesagt: »Du darfst hier in der Werkstatt nicht rennen.« Lehr war doch gerannt, weil ihm danach war. Im Sommer, mit kurzer Lederhose. Grau. Dann der Sturz. Und das Einschlagen von messerscharfen Drehspänen unterhalb der Kniescheibe. Es blutete, Thomas hatte starke Schmerzen, weinte. Onkel Hans machte ein Pflaster auf die Wunde. An einem Platz in der Werkstatt gab es einen Drehspanhaufen. »Die werden abgeholt und wieder eingeschmolzen«, sagte Lehrs Onkel.

Während des Mittagessens hatte Onkel Hans den Kittel nicht an. Der hing in der Werkstatt. Man sah jetzt sein kariertes Hemd in Gänze. Alle sprachen mit gefalteten Händen und gesenktem Kopf das bekannte Tischgebet. Cousine Sandra war fünf Jahre älter als Lehr und später gelernte Kindererzieherin. Sandra heiratete mit 27 Jahren einen Bankangestellten. Sicher eine gute Partie. Damals. Sandra gebar kurz darauf eine Tochter. Und gab ihren Beruf auf. Lehrs älteste Schwester, Veronika, sagte, Sandra sei stark hinter dem Bankangestellten her gewesen. Sehr stark. Man erzählte sich in der Stadt, dass Sandra darauf bedacht gewesen sei, dass der Bankangestellte ihren Eltern gefiel. Ob der Beruf passabel sei. Für einen Schwiegersohn. Interessanterweise wählte Sandra keinen Handwerker, keinen Professor, keinen Taxifahrer, keinen Studenten, keinen Künstler. Sandra war dünn. Zuweilen dürr. Hochgewachsen. Bürgerlich erzogen. Mit den Manieren einer Bürgerlichen.

Lehrs Tante hatte eine Wasserkopfgeburt. Das hatte man ihm erzählt. Als sie den Jungen gebar, war Lehr noch nicht auf der Welt. Ihr erstes Kind hatte diesen Wasserkopf. Es starb kurz nach der Geburt. »Das sei besser so!«, hatten die Ärzte den Eltern gesagt. Ein längeres Leben wäre für niemanden ein Segen gewesen.

Lehrs Tante und sein Onkel wurden deswegen depressiv. Sie gaben sich selbst die Schuld. War das eine katholische Eigenart?

In Lehrs Verwandtschaft gab es keine Protestanten, keine Andersgläubigen und keine Atheisten.

Ich, Lehr, schreibe in mein Tagebuch:

Mittwoch, 23. Dezember 2009, 07:21 Uhr.

Dr. Piltz, Zahnarzt – da hatte es ja Jahre gedauert, bis ich dorthin durfte. Erst durch das vernichtende Urteil während der Schuluntersuchung ging ich dorthin. Im Vorfeld hatte ich massenweise Thomapyrin geschluckt, weil ich die Zahnschmerzen sonst nicht aushielt.

Mein Vater riet mir bis dato von einem Besuch beim Zahnarzt ab. Vielleicht, weil er ein zwiespältiges Verhältnis zu Ärzten hatte. Was verständlich war: Sein Vater starb durch die Kriegsverwundung, dann sein Bruder an den Folgen der Impfung. Das Sterben im Krieg – zum Beispiel Kameraden; dann fast das eigene Sterben im Feld: die Verwundung während des Zweiten Weltkrieges am Rücken – der Streifschuss. Das Sterben seiner ersten Frau nach der Geburt. Und – 1967 – den eigenen Tod vor Augen.

Dr. Bergmann, Allgemeinmediziner.

Dr. Glotsch war Thomas' Geburtsarzt, der spontan ausrief, dass Lehr »Fußballerwaden« habe. Dr. B. konsumierte gern alkoholische Getränke. Und man erzählte sich oft im Dorf die Geschichte, dass er mal aus seiner Stammkneipe herausgerufen wurde. Zu einer

Geburt. Da hatte er bereits Stoff intus. Weil das Neugeborene blau anlief, musste er eine Mund-zu-Mund-Beatmung machen. Angeblich sei das Baby von seiner Fahne schnell zu Atem gekommen.

Warum war Fräulein Vormstein relativ unauffällig? Sie hätte die Messer-Attacke meines Vaters auf meine Mutter mitkriegen müssen – so Wand an Wand. Oder unser Verprügeltwerden. Billigte sie die Prügelstrafe als pädagogisches Mittel? Oder hatte sie etwa Manschetten einzuschreiten, weil mein Vater ihr Vorgesetzter war? Hätte sie ihren Job möglicherweise verloren? Hätte sie etwas riskiert? Warum wohnte sie überhaupt dort? Und nicht woanders? Und warum wohnte sie nach dem Ende ihrer Berufstätigkeit noch – bis in die 70er Jahre hinein – im Dorf; wie meine aktuellen Recherchen ergaben? Ohne, dass mir ihre Präsenz im Dorf bewusst geworden wäre?

Herr Linder hatte mir im Sommer dieses Jahres gesagt, dass Fräulein Vormstein nach Beendigung ihrer langen Berufslaufbahn weiter im Dorf wohnte. In der Nähe von Helmer, einem Elektrohändler. Es muss 1972 gewesen sein, als sich Fräulein Vormstein am Darm hatte operieren lassen. Eine Operation, die nicht dringend nötig war, so hatte man sich erzählt. Danach litt sie unter Darmträgheit und sei einige Zeit später daran gestorben.

Oder hatte man mir von dem Umzug Fräulein Vormsteins innerhalb des Dorfes erzählt, und ich hatte mal wieder nicht richtig zugehört?

07:30 Uhr.

Marlene hatte zeitlebens Angst, dass sie psychisch so krank werden könnte wie ihre Oma väterlicherseits. Wobei dem Erzähler bis heute nicht klar ist, was die Großmutter für ein Leiden hatte. Darüber wurde konsequent geschwiegen. Der Vater war mal bei einem Rechtsanwalt. Wegen seiner Mutter. Worum es dabei genau ging, lag bis heute im

Verborgenen. Ob der Vater etwas geerbt hatte, war auch unklar. Das Verhältnis Mutter-Sohn schien nicht das Beste. Denkbar ist, dass es an der Wiederheirat der Mutter lag. Lehrs Großmutter kam nie zu Besuch ins Dorf. Der Erzähler weiß nicht einmal, wo sein Opa väterlicherseits in Deutschland begraben liegt. Soweit er sich erinnern konnte, hatte er das Grab – als Kind – nie besucht.

Thomas hatte schlecht geträumt. Von Umzügen. Von Autofahrern, die sich sehr schlecht verhielten. Früher hatte es ausgereicht, wenn man die Person auf ihr Fehlverhalten hinwies. Heute wurde zurückgeschossen. Brutal.

Umzüge? Irgendwie war er beteiligt und saß in einem großen Umzugs-LKW. Aber nicht als Fahrer. Traum-Schnitt. Dann saß er auf dem Löffel eines Baggers. Oder es war so ein Paletten-Schieber. Also nicht löffelartig gekrümmt, sondern gerade wie bei einem Gabelstapler. Er saß vorne und der Stapler/Bagger-Fahrer fuhr wie eine gesengte Sau durch die Straßen.

Ich, Lehr, schreibe in mein Tagebuch:

12. August 2010. 08:12 Uhr.

Heute Morgen dachte Lehr an Moritz. Moritz war sein Cousin. Die Verwandtschaft benutzte eher das Wort Vetter. Deshalb sagte Lehrs Familie auch Vetter. Er brauchte einige Jahre, bis er das Wort »Vetter« mit dem Wort »Cousin« gleichsetzte und gefühlt verstand, dass dasselbe gemeint ist.

Im Jahr 1965 war Moritz 20 Jahre alt, Student der Medizin. Es kam die Kunde, dass er tödlich verunglückt sei. Mit einem VW Käfer. Auf einer Landstraße im Hochsauerland. In der Nähe von Marsberg, seinem Geburtsort. Er sei vor einen Baum gefahren. Es sei ein Ausweichmanöver gewesen, wie die Rekonstruktion durch die Polizei ergab. Sein Ausweichmanöver. Ein englischer Militär-LKW sei ihm mitten auf der Straße entgegengekommen. Und um mit diesem nicht zu kollidieren, sei er ausgewichen und vor den Baum gefahren. Die Lenkradsäule habe sich in seine Brust gebohrt: tot. Denn 1965 hatten die VW-Käfer-Modelle noch starre Lenksäulen. Keine mit Pralltopf, Knickvorrichtung oder Abreissschlitten. Beim VW Käfer war die Karosserie am Chassis angeschraubt. Folglich bestanden Fahrwerk und Oberteil nicht aus einem Stahlelement. Der Käfer hatte keine computervorausberechnete Knautschzone. Es gab gar keine Sollverformungsstellen. Weder vorne noch hinten. Der Standardkäfer hatte ein Armaturenbrett aus lackiertem Blech. Da war nichts gepolstert. Selbst der Zündschlüssel ragte als scharfkantiges Komplettmetallteil aus dem Zündschloss hervor. Irgendjemand habe dem Cousin die goldene Armbanduhr geklaut. Als er bereits tot war und bevor Polizei und Rettungskräfte eintrafen. So die Rekonstruktion. Offenbar hat jemand nach dem Geschehen die Unfallstelle passiert, gestoppt und dann den Diebstahl vollzogen. Die Polizei vermutete, dass eben diese Person den Unfall nicht gemeldet habe. Sondern eine andere. Lehr drängt sich natürlich die Frage auf, warum der Unfallverursacher sich nicht gekümmert hat. Aber man schaut nicht immer in den Rückspiegel und kontrolliert, was mit dem Gegenverkehr geschieht, wenn man aneinander vorbeigefahren ist.

Lehrs anderer Cousin, Manfred, hat aufgrund des tödlichen Unfalls Pillen geschluckt. Sonst hätte er den Schicksalsschlag nicht durchgestanden. Der Cousin hätte auf dem Gymnasium massiv abgebaut. Nach dem Unfalltod des Bruders. So erzählte man es sich. Er habe nachts nicht schlafen können. Wochen, Monate. Da aber das Gymnasium wichtig gewesen sei – er sollte auch Medizin studieren – haben ihn seine Eltern mit Psychopharmaka versorgt.

Manfred. Manfred heißt er. Manfred ist der Cousin, der uns nicht einmal besucht hat. In Witten. Als er während des Medizinstudiums bei der Tante wohnte und zur Universität nach Bochum fuhr. 08:44 Uhr.

Ich, Lehr, schreibe in mein Tagebuch:
Mittwoch, 7. Juni 1995, 14:14 Uhr, [Niedersfeld, FeWo].
(Bandeintrag);(noch von gestern …)

MITTWOCH (wie oben):
Der Wecker zeigt kurz vor sechs. Erinnere mich an das Dia:
Winter, Sprungschanzenwettbewerb auf der Naturschanze
Rimberg. Ich war, glaube, am frühen Nachmittag kurz an dieser
Schanze, während der Vorbereitungen. Dort war Aufsichtspersonal
am Schanzentisch. Männer, die die »Landebahn« auf ihre
Tauglichkeit hin begutachteten. Die Lautsprecher, die an
Stahlmasten hingen, wurden ausprobiert. Springer waren mit
»Laibchen« zu sehen; weiße, umgehängte Stoffflächen. Mit dünnen
Bändchen oben und an den Seiten gehalten. Eine große, schwarze
Zahl darauf. Vorne und hinten. Darüber der Schriftzug »Dextro-
Energen«. Es war ein Wettbewerb mit Leuten aus diesem Dorf und
anderen Dörfern. Jugendliche und Erwachsene. Ich bin dann nach
Hause gegangen, bevor der Wettkampf begann.
Am Nachmittag waren Sirenen zu hören. Sirenen von
Krankenwagen. Und kurz darauf machte die Nachricht die Runde,
dass ein Mitglied der Familie Kleber, das mit in der Wertungsjury
war, im Zuge eines Skiunfalls zu Tode gekommen sei. An dieser
Sprungschanze, an diesem Tag.
Dazu wurde mir später erzählt: Ein Springer sei abgehoben und
habe im Flug oder kurz nach dem Aufsetzen einen Ski verloren. Der
Ski machte sich selbstständig und ist mit aller Wucht Herrn Kleber,
der circa 30 Jahre alt war, an den Kopf geprallt. Herr Kleber stand
nahe an der Landebahn, um die Sprungweite zu messen. Er habe
sich noch mit einem Satz nach hinten vor dem
herankatapultierenden Ski retten wollen, doch sei er in die falsche
Richtung geflohen. Man erzählte sich, dass die Metallbindung
dieses Skis dem Mann die Schläfe aufriss. Nach dem
Zusammenprall soll Herrn Kleber ein Teil des Gehirns ausgelaufen

sein, sodass er auf dem Weg zum Krankenhaus verstarb. Was es für tragische Unfälle gibt. Bei einem Skisprung-Wettbewerb.

Die Nachricht machte mich ganz traurig. Ich war unruhig. Ich hatte immer wieder das Dia in mir … wie das passiert sein kann. Ich stellte mir vor: Der Springer hat Schwung, springt von der Schanze, setzt auf und der Ski wird abgerissen von seinem Fuß und zerschmettert den Schädel des Weitenmessers.

Ich befand mich im Wohnzimmer. Und aus dem Radio meines Bruders, das sich im Jungenzimmer befand, hörte ich den Song »The Letter« von The Box Tops: »Gimme a ticket for an aeroplane …« Ab 1967 in den Hitparaden. Während des Liedes hört man Turbinengeräusche eines Flugzeugs. Die haben die BOX TOPS der Musik unterlegt.

Bis heute ist es so: Immer wenn ich den Titel höre, assoziiere ich das Fliegen des Springers auf der Rimberg-Schanze, den tragischen Unfalltod sowie die seltsam bleierne Stimmung im Dorf.

Habe mir immer wieder vorgestellt, wie das gewesen sein kann. Und es war für mich eine bizarre Brechung, dass mein Bruder diese Musik zu dieser »Atmosphäre« gehört hat. Ich kam damit nicht klar. Ich wusste es nicht. Ich dachte: ›Der darf das doch nicht tun. Der darf doch nicht, wenn jemand im Dorf gestorben ist, diese Musik hören. Das darf er doch nicht!‹

Entschließe mich, jetzt auch aufzustehen, zu frühstücken und den Tag anzugehen. Stichwort: Rimberg-Schanze. Vielleicht gehe ich da mal hin. Mit Hermann Hesse, Isomatte und Kameras.

Es regnet nicht. Sitze am Fenster, schaue ins Dorftal. Es ist allerdings frisch. Ich war gerade auf dem Balkon. Ja, entschließe mich, erst Tee zu trinken und mal zum Rimberg zu wandern. Das ist nicht so weit. Am See vorbei und dann zu der Sprungschanze. Bin gespannt.

Habe das Gefühl, dass ich meinen Vater noch decke, oder »decken muss«. Wie viel und was darf ein erwachsener Sohn über seinen alkoholkranken Vater schreiben?

Im Augenblick genieße ich es, dass hier kein Tourist rumrennt, außer mir. Aber ich bin kein Tourist, bin ja hier geboren. Und jetzt laufe ich auf den Rimberg zu, suche die Sprungschanze. Acht Uhr vierundfünfzig.

Bin jetzt auf diesem unteren Weg am Rimberg-Waldrand und hatte kurz gedacht, dass ich die Schanze sehen würde. Linker Hand jedoch ist nicht genug Auslauf für die Skiläufer, sodass ich jetzt noch mal ein paar Meter weitergehe und überlege, ob ich diesen Schanzentisch oder die Schneise finde. Ich weiß es nicht; bin schon sehr weit gegangen. Man erkennt Hildfeld immer besser. Wahrscheinlich bin ich zu weit entfernt.

Ja, es wird jetzt rechter Hand wesentlich flacher und ich glaube nicht, dass das hier Richtung Schanze führt.

Ich sehe im Moment mehr evangelische Kühe (braun-weiß), früher gab es hier nur katholische Kühe (schwarz-weiß). Stehe jetzt vis-à-vis vom Steinbruch Hildfeld; kehre um, weil die Schanze hier nicht mehr sein kann. Habe vorhin ein Reh gesehen, welches schnell in den Wald sprang, dann stehen blieb und mich aus circa 70 Metern Abstand beobachtete.

Mache nun einen kurzen Abstecher in die Wiese unterhalb des Rimbergs (hier sind die Springer »ausgelaufen«); in der Hoffnung, von dort aus vielleicht eine bessere Perspektive zu haben, den Schanzentisch zu finden.

Von der Wiesenform her und auch vom Bachlauf her, müsste es hier sein, denn die Springer brauchten ja Auslauf. Quer über den unteren Parallelweg zum Waldrand hinaus.

Bin jetzt abgebogen in den Wald, gehe diesen steilen Hang hinauf, weil hier Fußspuren sind. So eine Art Trampelpfad.

Kurze Rast im Wald, fand den Schanzentisch beziehungsweise die Anlaufspur noch nicht. Müsste (weil ich Richtung Tal schaue) rechter Hand von mir sein. Von der Höhe her, wenn ich mich recht erinnere, jetzt als Erwachsener, müsste ich etwa dort stehen, wo der Schanzentisch war. Hinter mir müsste die Anlaufspur sein.

Es geht jetzt über mir noch weiter hoch; kann die Bergspitze nicht sehen. Wo ich stehe, sind fast nur Buchen, ein paar Meter weiter sind auch Kiefern. Also damals, so meine ich, war das hier alles ausschließlich Kiefernwald. Wobei ich mir vorstellen kann – die Buchenstämme sind sehr dünn –, dass hier aufgeforstet wurde. Die ältesten Stämme haben schätzungsweise nur dreißig Jahre auf dem Buckel. Ist also Buchenwald hierhin gekommen.

Bin nach einigen Metern an einem Weg angekommen, der sich hier durchschlängelt, wobei ich nicht weiß, ob er früher (zu meiner Kindheit) bereits hier war. Er sieht neu angelegt aus. Er macht hier ne Kurve und in der Kurve zweigt ein anderer Weg ab, der nicht »beschottert« ist (wie der »Kurvenweg«), sondern aus reinem Waldboden besteht. Den Weg könnte es zu meiner Kindheit gegeben haben.

Von der Schanze ist weit und breit nichts zu sehen. Ich kann jetzt dem Weg ins Tal ein paar Schritte folgen, oder dem geschwungenen Weg. Vielleicht sehe ich sie noch. Ansonsten gehe ich davon aus, dass der gesamte Hang gerodet und anschließend wieder aufgeforstet wurde und die Schanze dem zum Opfer fiel.

Nach einigen Metern talwärts fand ich den Schanzentisch nicht. Habe jetzt das Vorhaben gedanklich abgegeben und mich kurzfristig entschieden, mir eine schöne Stelle auf einer Wiese zu suchen, zu faulenzen und zu lesen (Hermann Hesse).

Bin im Augenblick auf einem Weg, der als Baum-Markierung zwei Striche hat und schaue, wohin ich komme, wenn ich ihm folge.

Stelle bei mir den Zusammenhang zwischen Wandern, Ablaufen des Disstresses und der Psychoenergie fest. Das heißt, diese Faktoren bedingen oder brauchen sich. Ich kann nicht ausschließlich in der Hütte sitzen, denken und schreiben. Ich kann auch nicht nur hier rumrennen und nichts schreiben oder diktieren. Ich brauche beides.

Habe mich kurzfristig dazu entschieden, in der Nähe des Sees zu campieren. Es ist nicht sehr warm, aber für ein paar Minuten wird's gehen. Vielleicht finde ich eine windgeschützte Stelle.

Nach ein paar kleineren Orientierungsproblemen bin ich am See angekommen. Hier weht kaum Wind. Bin froh darüber. Wir haben aktuell elf Uhr zwanzig. Hier werde ich faulenzen.

Lese gerade Hermann Hesse und bin total begeistert. Die Erzählung heißt »Jenseits der Mauer«. Fängt auf Seite 167 an. Darin gibt es sehr eingängige Sätze, sehr markante Sätze.

Dann folgt eine Passage, die ich jetzt mit einem Textmarker anstreiche.

Genieße im Augenblick das Liegen in der Wiese, das Lesen und die Ruhe. Nebenan plätschert ein Bach (die Hille); besser kann's nicht sein.

Hier, unterhalb des Rimbergs, habe ich einen guten Liege- und Leseplatz. Vor allem laufen keine Touristen vorbei. Das ist gut zur Entspannung.

(Ende Bandeintrag)

15:21 Uhr.

Entschloss mich gerade kurzfristig dazu, später ein Magnum bei Hausmanns zu kaufen. Die Inhaber heißen nun anders. Außerdem Postkarten, die hier das Preiswerteste zu sein scheinen (0,50 Deutsche Mark). Wie würde das Gefühl für mich sein, nach so vielen Jahren dasselbe Haus zu betreten, in dem noch immer ein Lebensmittelgeschäft ist? Allerdings unter anderer Leitung. 15:23 Uhr.

17:35 Uhr. (Bandeintrag).

War in der alten Niedersfelder Post. Erinnerte mich an kein direktes Dia. Die Postbeamtin heißt Benner. Sie ist älter als ich und korpulent. Vorher war ich im Lebensmittelgeschäft und kaufte dort ein Magnum Classic am Stiel. Das musste sein. Erwachsen geworden zu sein, heißt auch, mit Abstand die eigene Kindheit betrachten zu können. Aus der Perspektive eines Erzählers.

Passierte die Schreinerei. Diese reparierte unsere Skier. Wenn zum Beispiel etwas mit den Drahtseil-Bindungen war, die hinten um den Skischuh herumgeführt wurden. Nur Clemens hatte als einziger Skier mit teuren, modernen Sicherheitsbindungen ohne Drahtseile. Dazu extra die passenden Schuhe.

Wenn ich diesen Weg unterhalb der Neugasse weitergehe, erreiche ich eine Stelle, an der ein älterer Junge (aus einer höheren Klasse als ich) einen leeren Plastikbenzinkanister fand. Er wollte Mut vor seinen Freunden beweisen und steckte das Ding an, so erzählte man sich. Dabei explodierte der leere Kanister und flog dem Jungen um die Ohren. Sein Gesicht und seine Hände waren verbrannt.

In den 1960er-Jahren. Unsere Lehrer griffen den Vorfall auf und redeten uns ins Gewissen: »Selbst wenn ein Benzinkanister keine Flüssigkeit mehr enthält, kann er explodieren, aufgrund der Gasansammlung darin! Also niemals versuchen, ihn anzuzünden.«

Sehe jetzt links den Eschenberg. Dia: unsere unangeleinte Lassie, die auf dem Rückweg einer sommerlichen Tagestour einen Hasen sah und ihm instinktiv folgte. Circa eine Stunde lang suchten wir unseren Rauhaardackel, riefen in den Wald hinein. Aufgrund der herannahenden Dunkelheit brachen wir unsere Bemühungen ab und gingen nach Hause. Clemens, dem der Hund zu einem seiner Geburtstage geschenkt wurde, war am traurigsten von uns allen. Glücklicherweise kannte Lassie sich mit den Wegen zu ihrem Zuhause aus und kam doch noch spätabends zurück.

Ansonsten nur diffuse Dias von diesem Weg. Genieße den Aufenthalt in der Natur.

Ich befinde mich wieder auf dem Weg zurück ins Dorf über diesen Rundweg hier; unterhalb des Eschenbergs. Werde mein Geburtshaus, die Dorfschule, eingeweiht am 9. November 1926, *passieren und an Kluckes Fachwerkhaus vorbeigehen, dann den Weg zum Bienenberg einschlagen.*

Ich beabsichtige, morgen früh diesen Weg am Eschenberg langzulaufen, mit Kameras und Wanderschuhen, um einfach zu genießen. Hier ist es im Moment stimmungsvoll für mich: Heidschnucken, Kühe, Wiesen, Wald. (Ende Bandeintrag).

Habe Kluckes Haus passiert; schaute spontan auf die Klingel. Doch leider sind keine Namen daran. Das Haus ist bewohnt. Es gibt Gardinen, gepflegte Pflanzen, Autos vor der Tür. Passierte eine Telefonzelle. Schaute ins Telefonbuch. Es interessierte mich, welcher Name von meinen alten Bekannten dort aufgelistet ist:

Peter Klucke, ebenso Alexander, sein Bruder;

außerdem Joachim Benner. Andere Namen, an die ich mich spontan erinnerte, fand ich nicht. Wie zum Beispiel Hubertus Fink.

Wie es mir jetzt geht? Emotional fehlt mir akut die Brücke von der Kindheit zum Erwachsenenalter. Zur augenblicklichen Gegenwart.

Scheinbar löst sich was. In mir. Scheinbar werden Gefühlselemente zurechtgerückt. Weiterhin bleiben Dinge unklar. Krankmachende Gefühle. Die kenne ich seit meiner Kindheit.

Nichtsdestotrotz ziehe ich hier schonmal ein Resümee: Es ist gut, dass ich mich überwunden habe, in mein Geburtsdorf zu fahren. Ich gewinne den Eindruck , auch aufgrund der Chronik, die ich sukzessiv lese, dass die Niedersfelder nicht hinterm Mond leben, sondern sehr realistisch ihre Interessen vertreten. Zum besseren Verständnis: Meine Eltern – primär mein Vater – sagten oft, dass die Niedersfelder »Hinterwäldler« seien. Und Bauern seien – Zitat – »dumme Leute«, die lediglich auf einem Acker rumfahren könnten.

Mir wird weiterhin unverständlich bleiben, was Vater und Mutter hier erwartet haben, beziehungsweise welche ihrer

Lebenswünsche sie hier begruben und deswegen verbittert davonzogen.

Ich kotz mir ans Bein. Aber gewaltig. Aber warum denn ich? Das geht mich doch alles nichts mehr an. Damals war ich ein Kind. Jetzt bin ich erwachsen. Als Erwachsener steht man über den Dingen.

Nein, leben möchte ich hier nicht. Aber das steht auch nicht zur Disposition.

Derjenige, der nicht ermüdet, ermüdet Not und Elend. Nomen Nescio.

Halt! Ich übertrage noch eine äußerst wichtige Textpassage aus Hermann Hesses Erzählband »Innen und Außen«. In mein handgeschriebenes Tagebuch. Eine A4-Kladde. Liniert.

Augenblicklich regnet es; aber es stört mich überhaupt nicht. Denn ich habe ja zu tun. Schreibend arbeite ich an mir. Und das ist gut so. 18:18 Uhr.

Dann Albert. Der älteste Sohn der Familie Wahl. Verwandtschaft mütterlicherseits. Der Sohn des Chefarztes.

Albert klagte über Schmerzen in der Bauchgegend. Und über Schlappheit. Albert stand mitten im Examen. Medizin. Jedenfalls »machte man ihn auf« – im Operationssaal. Wie man damals so sagte. Und stellte fest, dass er Leberkrebs im Endstadium hatte. Sein Vater, der Chefarzt, soll als Beobachter mit im OP gewesen sein. Er sei nicht in der Lage gewesen, seinen Sohn selbst mit dem Skalpell zu öffnen. Das übernahmen seine Kollegen. Dann »machte man Albert wieder zu«. Er starb kurze Zeit nach der OP.

An einem Morgen fuhr Lehrs Mutter mit dem gelben Opel Kadett A zur Beerdigung ihres Neffen nach Marsberg. 46 Kilometer entfernt. Nur über Bundes- und Landstraßen zu erreichen. Lehrs Vater fuhr nicht mit. Und ihre Kinder auch nicht. Auf dem Weg nach Marsberg wurde Lehrs Mutter fast selbst beerdigt. Seine Mutter verunglückte während der Fahrt. Gar nicht weit vom Dorf entfernt. Höhe »Steinhelle«, B 480. 1966 hatte der Kadett A weder Sicherheitsgurte noch integrierte Kopfstützen.

An dem Tag regnete es stark. Auf der asphaltierten Landstraße floss das Wasser nicht überall schnell genug ab. Überhöhte Geschwindigkeit, Aquaplaning und abgefahrene Sommerreifen. Der Kadett A kam ins Schleudern, prallte quer gegen einen weiß markierten Begrenzungsstein am Straßenrand, überschlug sich deshalb und blieb auf dem Dach im Graben liegen. Wirtschaftlicher Totalschaden. Lehrs Mutter hatte lediglich eine zerrissene Nylon-Strumpfhose. Die Firma Sepp Grob musste erneut für Familie Lehr anrücken. Das Unfallauto wurde am Haken des Abschleppwagens befestigt. Grob brachte Lehrs Mutter nach Hause. Der Vater tobte wegen des kaputten Autos und, weil er bereute, dass Lehrs Mutter überhaupt einen Führerschein gemacht hatte. Herr Grob erklärte Lehrs Vater, dass die Sommerreifen sehr stark abgefahren seien und deshalb der Unfall erst verursacht wurde. Mit neueren Reifen wäre das nicht passiert. Lehrs Vater wollte Sepp Grob nicht glauben: »Ein guter Autofahrer kommt mit jedem Reifen zurecht!«

Ludwig Erhard, CDU, war Bundeskanzler.

Er befindet sich im Leben. Man kann ihm nicht entkommen. Wir können es nicht entscheiden. Wir sind machtlos. Wenn er kommt, ist er da. Der Tod. Das Endgültige. Das Außergewöhnliche. Wie neulich ein Autoren-Freund sagte: »Wahrscheinlich die wichtigste, große Erfahrung, die wir im Leben (noch) machen.«

›Tja‹, dachte Lehr bei diesem Satz. Auf diese große, wichtige Erfahrung konnte er verzichten. Vor allem dann, wenn sie endgültig war. Endgültig. Es WAR endgültig zu

Ende. Definitiv. Da gibt's nix mehr zu drehen. Von niemandem.

Lehrs Vater sagte oft: »Wenn ich mal sterbe, hat Mutter genug Rente ...«

Sein Vater wollte bekanntermaßen mit 47 Jahren sterben. Für seine Kinder, die das hörten, machte das Mut aufs Leben.

Nur Lehrs Mutter wollte zur Beerdigung des Neffen Albert fahren. Lehrs Vater nicht. War er zu besoffen? Oder hätte er sich während der Beerdigung betrunken? Wäre er während der Beisetzung ausfallend geworden? Wollte Lehrs Vater dem Onkel und dessen Familie eins auswischen? Alkoholiker waren oft zynisch. Sie hatten nicht mal Respekt vor schweren Krankheiten oder gar dem Tod von Verwandten.

Thomas' Vater wollte nicht zu Alberts Beerdigung mitkommen. Warum nicht? Zog er es vor, die Zeit mit Lehrs Klassenlehrerin zu verbringen? Private Zeit. Konnte auch sein, dass sein Vater gehfähig war, es aber ablehnte, die eine Stunde Autofahrt über Land in Kauf zu nehmen, um der Beerdigung beizuwohnen. Seine Mutter fühlte sich verpflichtet – als Alberts Patentante – dorthin zu fahren.

Oder es waren die alten Zwistigkeiten, die ihn abhielten, seinen Schwager, die Schwägerin, die einkommenshohe Verwandtschaft zu besuchen. Den Chefarzt. Mit Haus, feudalem Grundstück, Bungalow, Tennisplatz. Lehrs Vater polarisierte gerne, wenn er bei der Verwandtschaft war. Von wegen Arzt. Lehrs Vater sagte: »Er ist in erster Linie Geschäftsmann, dann kommt erst der Mediziner.« Das hatte Lehrs Mutter nicht gefallen. Sie verbot seinem Vater den Mund. Ja, sein Vater konnte als alkoholkranker Katholik sehr übergriffig sein. Ihm war dann alles egal. Leben und Tod.

Es ging um den Neffen von Lehrs Mutter. Sie war seine Patentante.

Cousins. Neffen. Neffen und Nichten. Cousins und Cousinen. Großtanten und Onkel. Lehrs Vater konnte das nie auseinanderhalten. Wahrscheinlich hatte ihn das einfach nicht interessiert. Genauso wenig wie Blumen- und Pflanzennamen. Die konnte er sich nicht merken. Jedenfalls nicht nachhaltig. Nelke, Tulpe, Rose, Gladiole, Primel, Narzisse ... gut, das ging noch, aber die anderen Blumen- und Pflanzennamen nicht.

Das hatte ihn einfach nicht interessiert.

Käme er heute in der extrem technisierten Welt mit Computern klar?

Onkel Hermann und Tante Annette. Die Pateneltern seines Bruders Clemens. Als Junge fand Thomas Lehr Tante Annette attraktiv. Als Jugendlicher und Erwachsener auch noch. Tante Annette: Kleidergröße 36, schöne Figur, modische Frisur – im Trend der 1960er Jahre, gerade Beine, figurbetont gekleidet – meistens im schicken Kostüm, dazu farblich abstimmte Nylonstrümpfe, Schuhe, Handtasche. Schmuck, aber nicht zu viel. Schlanke, zarte Hände. Aufgetragener Nagellack ohne abgeplatzte Stellen. Gute Umgangsformen, eloquente Sprache, dezentes Parfüm – und ein wiegender Gang auf Pumps. Wie ein Model auf dem Laufsteg. Wenn Lehr sich in ihrer Nähe befand, bekam er manchmal eine Erektion. Das war ihm nicht unangenehm. Doch, durfte er so in Wallung geraten? Als Katholik? Bei seiner eigenen Tante? Im Alter von elf Jahren?

Onkel Hermann heiratete reich ein. Tante Annette war die Tochter einer Familie, die in der Konfektionsbranche tätig war. Großhandel. Nordrhein-Westfalen. Denkbar war, dass sie von dort immer preisgünstig ihre Konfektion bezog. Sie sah immer super herausgeputzt aus; gute Manieren dazu. Die gewählte Sprache. Jaja, wenn man in so eine vornehme Familie hineinwuchs. Der sogenannte Mittelstand. Seinerzeit mit mehr Geld im Haushalt als bei der Familie eines Hauptlehrers. Lehr war entfallen, ob sie einen Beruf erlernt hatte. Seine Patentante aus Witten hatte eine Hauswirtschaftsschule besucht. Kochen, Backen, Bügeln, ein Budget-Buch führen gelernt. Wie es sich für viele Töchter damals gehörte, damit sie einen Mann bekamen und für beide den Haushalt schmeißen konnten.

Tante Annette. Das freistehende Haus in Marsberg. Das Grundstück war zur Straße hin mit einer drei Meter hohen Mauer umgeben. Der Eingang war rund; Torbogen. Mit schmiedeeisernem Tor. Das Tor war immer verschlossen, zumindest wenn Familie Lehr anreiste, sich dort aufhielt. Heute würde man sagen: Die dort wohnende Familie war immer unter sich. Neben dem Toreingang – eine weiß gestrichene Großgarage mit einem Holz-Tor. Zwei PKW konnten dort nebeneinander abgestellt werden. Der schwarze Mercedes 250 S der Familie wurde dort geparkt. Drehte man sich herum, erkannte man in circa fünf Kilometer Entfernung die unübersehbare Abraumhalde eines Bergwerkes. Dort sollten Kinder nie spielen. Es hatte in der Vergangenheit tödliche Unfälle gegeben. Die Kinder waren hochgelaufen, sind dann eingesunken und erstickt. Ohne fremde Hilfe kam man nicht wieder heraus.

Seine Tante hatte das schwarz lackierte, schmiedeeiserne Tor geöffnet, nachdem sie geklingelt hatten. Manchmal mit dem Türdrücker; gelegentlich ging sie zu Fuß. Vom Hauseingang zum Tor. Schätzungsweise betrug die Distanz fünfzig Meter. Durch den sehr gepflegten Garten. Links die weiß gestrichene Mauer mit Bewuchs, deren Rückseite man nun sah. Das unterkellerte Haus mit Satteldach und Zentralheizung. Mindestens 300 Quadratmeter Wohnfläche, Erdgeschoss, erster Stock, für eine sechsköpfige Familie plus zwei Angestellte. Zur Rechten öffnete sich das Grundstück weitläufig. Bäume, Sträucher, Rosenbeete, an einem leicht ansteigenden Hang gelegen. Oberhalb eine umzäunte Tennis-Anlage – rote Asche –, daneben ein Flachdach-Bungalow mit offenem Kamin und großflächigen Schiebetüren, deren mannshohe Fensterscheiben auch im Winter bei offenem Feuer einen Panoramablick auf den verschneiten Garten gewährten. Sehr feudal. Mit schwarzer Ledergarnitur und Ecktischchen. Für damalige Verhältnisse. Eigentum. Eigentum des Chefarztes.

Lehrs Onkel und seine Tante beschäftigten zwei Damen im Haushalt. Diese waren psychisch »angeschlagen«. Kranke. Man erzählte sich, sie hätten aufgrund dessen im rauen Arbeitsalltag »draußen« keine Chancen. Die psychiatrische Anstalt hatte seinerzeit den Chefarzt gefragt, ob er sie bei sich aufnehmen wolle. Als Haushaltshilfen. Mit freier Kost und Logis. Das tat sein Onkel. Sein Vater sagte mal sarkastisch: »Da hat er ja billige und willige Arbeitskräfte bekommen!«

Lehrs Mutter regte sich immer über diesen Satz auf und setzte entgegen: »Hermann hilft hier kranken Menschen, ein gutes Zuhause und gute Arbeit zu haben.«

Allerdings gab es häufig Verständigungsprobleme mit den Haushaltshilfen, wie Tante Annette Lehrs Mutter häufig erzählte. Das sei alles nicht so einfach. Seine Tante musste beiden exakte Arbeitsanweisungen geben. Nach einigen Jahren gab es im Haushalt nur noch eine Helferin. Die andere war gestorben.

Thomas erinnerte sich, dass seine Tante mal mit der Gartenschere und einem Kittel im Garten stand, als sie zu Besuch waren. Was sollen Damen aus hochgestelltem Haus sonst tagsüber tun?

Die Chefarzt-Familie besaß in den 1960er-Jahren einen Dackel, der mit im Haus wohnte und oft auf Alberts Schoß saß, wenn dieser im Sessel sitzend Zeitung las. Phasenweise gab es Mediziner-Gerüchte, dass der nahe Kontakt zu diesem Dackel den Leberkrebs bei Albert ausgelöst haben könnte. Nachdem der Dackel verstorben war, schaffte sich die Marsberger Familie einen Dalmatiner an. Dieser wurde tagsüber auf dem Tennisplatz gehalten. Das war sein Gehege. Die Familie spielte kein Tennis mehr. Nachts war der Hund zum Wachehalten im Haus.

Dieser Privatbesitz, dieses parkähnliche Grundstücksareal samt Gebäuden und Einrichtungen war mit seinen Charakteristika und in seiner Großzügigkeit eine ganz andere Welt für Lehr. Eine fremde Welt. Verglichen mit der Dienstwohnungs-Situation seiner Stammfamilie in der Dorfschule.

Die beiden volljährigen Söhne, Frank und Manfred, des Marsberger Onkels besaßen je ein Auto. Frank: einen VW-Porsche. Neu. Als Assistenzarzt. Markteinführung 1970. In der Grundversion kostete er 12.250 Deutsche Mark. Orange. Mittelmotor mit elektronischer Einspritzanlage. 1,7 Liter Hubraum. Integrierter Überrollbügel. Vierspeichenleder-lenkrad, rundum Scheibenbremsen. Targa. Schwarzes, abnehmbares Dach, das bei schönem Wetter einen extra Platz im hinteren Kofferraum hatte. 186 Kilometer/h Spitze. Gürtelreifen 185/70 SR 15. Eckige, elektrisch versenkbare Klappscheinwerfer. 5-Gang-Getriebe. Schwarze Lederpolster mit gelb-schwarz karierten Stoffsitzflächen. Drehzahlmesser serienmäßig. Bei strahlend blauem Himmel stand der Wagen im Sommer ohne Verdeck unweit der Doppelgarage.

Manfred: einen VW Käfer.

Lehr trug oft Manfreds abgelegte Kleidung. Manfred besaß modische Kleidungsstücke. Markenware. Die stammte hauptsächlich von der Verwandtschaft der Tante.

Die gebrauchten Jacken, Hosen, Hemden, Schuhe kamen Lehrs Mutter zupass: Ein sechsköpfiger Lehrerhaushalt mit nur einem Gehalt kann per se finanziell keine großen Sprünge machen. Dazu der kostenintensive Alkoholkonsum des Vaters.

Wenn Lehrs mal wieder in Marsberg zu Besuch waren und seine Tante eine Hose wiedererkannte, sagte sie: »… Ach, er trägt ja Manfreds Hose …«

Er schämte sich dann und wurde rot. Wie gerne hätte er neue Hosen, Pullover, Schuhe, Hemden – also Neuware gehabt. Keine gebrauchte Kleidung, die zuvor sein Cousin getragen hatte. Wie gerne hätte er gesagt: »Die Hose ist neu! Ich bin der Erste, der sie außerhalb des Ladens trägt!«

Lehr konnte nicht mehr schlafen, obwohl er relativ früh zu Bett gegangen war. 21:30 Uhr. Aber vom Schlafpensum her war es zu wenig. Ihm gingen wieder viele Sachen durch den Kopf: Vor allem eins: Würde seine verbleibende Lebenszeit ausreichen, um all die Projekte umzusetzen, die er sich vorgenommen hatte?

Lehrs Eltern lagen mit steigendem Alter nachts häufig wach in ihrem Ehebett. Es waren ihre eigenen Konflikte – das Fremdgehen –, der Alkoholismus, ihre leistungsschwachen Kinder, die ihnen Sorgen bereiteten. Oder die Verwandtschaft, die mehr und mehr den Kontakt abbrach.

Schlafmittel einzunehmen, lehnten beide ab. Eine ehemalige Mitschülerin und Noch-immer-Freundin seiner Mutter nahm bei Schlafstörungen Tabletten ein. In diesem Zusammenhang erfuhr Lehr erstmalig, dass man sich mit einer Überdosis Schlaftabletten das Leben nehmen konnte.

Heute Morgen fiel ihm ein, dass er nach dem Tod des Vaters 1990 Folgendes von ihm geerbt hatte:

Ein Jackett, dunkelgrün mit dezenten blauen Streifen. Schurwolle. Keine Markenware. Teuer war es nicht gewesen. Schätzungsweise um die 150 bis 200 Deutsche Mark. Aber auch nicht gerade billig. Er trug es, nachdem er es in einer Änderungsschneiderei hatte modifizieren lassen: Ursprünglich hatte das Jackett hinten einen »Latz«. Das hatte ihm als Kind schon nicht gefallen. Er ließ den Latz zunähen, sodass das Jackett hinten komplett geschlossen war. Dadurch fühlte er sich wohler, wenn er es trug.

Außerdem erbte er eine gefütterte Lederjacke aus braunem Weichleder und schräg angeordneten Schubtaschen. Sie war für den Winter gedacht. Keine Markenware. Beim Anprobieren hatte sich schnell gezeigt, dass die Jacke für ihn mindestens eine Nummer zu klein war. Zwar sagte seine Mutter oft, wenn Vater und Sohn nebeneinander standen: »Ihr habt dieselbe Größe«, aber Thomas war doch ein paar Zentimeter größer. Die Lederjacke reichte etwas über den Gürtel. Um seine Mutter, die die Erbstücke verteilte, nicht zu verletzen, nahm er sie an und trug sie später auf. So was hält im Winter warm. Und als Student hatte er kein Geld für den Neukauf einer gefütterten Weichlederjacke. In Second-Hand-Läden ging er nicht. Er ekelte sich vor gebrauchter Kleidung fremder Menschen.

Gerade sah er bildhaft seinen Vater vor sich, der die Lederjacke trug. Im Winter. Sollte er ihn lieben oder hassen? Sollte Lehr neutral bleiben? Ging das bei den eigenen Eltern?

Lehr hatte gerne einen funktionierenden Stift und Notizzettel in seiner inneren Jackentasche. Meistens auf der linken Seite, oben. Um spontan Ideen, Telefonnummern, Adressen notieren zu können. Thomas hatte mal einen Tintenroller mit Verschlusskappe in die Tasche gesteckt.

Die Kappe hatte sich unbemerkt gelöst, die blaue Tinte war ausgelaufen und hatte außen und innen einen handtellergroßen Fleck in der Herzgegend verursacht. Und das während die Jacke mehrere Tage lang nicht benutzt wurde. Lehr bekam einen Schreck, als er das bemerkte. Er wollte die Jacke weiter tragen, denn er hatte für die Wintertage nichts anderes. Er ließ sich in einer Änderungsschneiderei zum Thema Fleckentfernung beraten. Dort sagte man ihm, dass Gallseife die Tinte auflösen würde. Er kaufte ein Stück Gallseife in einem Drogeriemarkt und versuchte in mehreren mühsamen Arbeitsschritten zu Hause, die Tinte zu entfernen. Dabei bildete sich ein großer Wasserfleck im Leder. Die Seife löste zwar ein Gros der Tinte, aber ein Rest-Fleck blieb zurück. Weitere Reinigungssitzungen zeitigten keinen Erfolg mehr.

Und bei genauem Hinsehen, hätte jeder den Tintenfleck entdecken können. Schon bei der Vorstellung, dass dies geschehen könnte und jemand sagte: »Sie haben da einen hässlichen Fleck auf der Jacke«, schämte er sich. Es war die Scham wie früher. Die er als Kind verinnerlicht hatte. So machte er kurzen Prozess mit dem väterlichen Erbstück und entsorgte es im Altkleider-Container des »Deutschen Roten Kreuzes«.

Übrigens wohnten bald Motten im Schurwoll-Jackett. Auch das fand alsbald den Weg zum Container. Als Lehr und seine Mutter vorm elterlichen Kleiderschrank standen, er das Schurwoll-Jackett und die Lederjacke bekam, sollte er auch lange, weiße Unterhosen erben. Ohne Feinripp. Seine Mutter hielt sie ihm hin: »Die hat Vater nicht getragen, sie sind unbenutzt, nimm sie mit!« Sie sagte es mit fester Überzeugung. Er war skeptisch und ekelte sich bei der Vorstellung.

Lange Unterhosen vom Vater erben und sie selbst anziehen? Wie weit ging eine Vater-Sohn-Liebe? Nein, danke. Soweit ging sie nicht. Seine Mutter brachte ihn arg in Verlegenheit. Das beherrschte sie gut. Es war ein vergleichbares Schamgefühl wie damals mit dem Spion, den er mal unter großen geschenkt bekam. Er liebte ihn sehr, verbunden mit der Geschenk-Handlung, und wollte ihn nie aus der Hand geben. Und den sie ihm abpresste, als beide bei seinem Onkel, der Bruder seiner Mutter, in der DDR zu Besuch waren. 1968. Angereist mit dem Zug. Stolz präsentierte er den Spion und führte dem Onkel vor, wie man ihn zerlegen konnte und wie man durchschaute. Der Türgucker war für ihn wie ein Fernglas. Zudem liebte er die Präzision, mit der er gefertigt war. Das metrische Feingewinde, zum Beispiel. Die fein ziselierte Einarbeitung der Linse. Da gab es keine Erhebungen. Der metallene Spion war ein Handschmeichler. Damit gehörte er zu den gehobeneren. Nicht zu den billigen, größeren aus Plastik. Dieser war eher der Unauffällige, wenn er in einer Tür montiert war.

Seine Mutter konnte sich nicht in Thomas' Gefühlszustand hineinversetzen. Oder sie wollte es nicht. Sie übte so lange Druck aus, bis er den Türspion verschenkte. An seinen Onkel. Sie sagte: »So was bekommt man hier nicht, in der DDR. Du bekommst ihn zu Hause bestimmt noch einmal ...«

Als Geschenk? Ein zweites Mal? Das gleiche Geschenk? Noch mal so ein Spion? Ein Mann hatte unter großen Mühen den nagelneuen Spion organisiert und dann Thomas geschenkt. Ein metallener Türspion. Der um einiges teurer war als die Variante aus Plastik. Eventuell war er sogar Diebesgut. Aber das wusste Lehr nicht. Der Schenkende hatte gut daran getan, einem kleinen Jungen von zehn Jahren nichts Genaues über den Hergang zu sagen. Deswegen war das mit dem Diebstahl lediglich eine Vermutung. Und der Verschenker sollte für ihn ein zweites Mal aktiv werden? Wohl kaum.

Während der restlichen Tage des Besuchs in der Deutschen Demokratischen Republik war er sehr geknickt, wegen dieses Vorfalls; das hielt noch Monate lang an. So etwas machte man nicht mit seinen Kindern.

In der Kirche wurde Lehr ohnmächtig. Das erste Mal in seinem Leben. Während der Wandlung. In der DDR. In Schwanebeck bei Halberstadt. Während der Liturgie, die sein Onkel vollzog, kniete er neben seiner Mutter. In der Kirche mit dem Namen »Zum Allerheiligsten Altarssakrament«.

Ihm wurde schummerig. Dann wurde ihm schwarz vor Augen. Mit der linken Hand tastete er seine Stirn ab. Er wollte seine Hand sehen, aber Thomas sah sie nicht. Er lehnte sich an seine Mutter an. Sie stützte ihn. Er sackte nach unten weg. Auf der Kirchenbank sitzend kam er wieder zu sich. Seine Mutter hielt ihn. Sie gingen langsam hinaus. Die frische Luft tat ihm gut.

Auf dem Kirchengrundstück der Schwanebecker Gemeinde stand eine 950 Jahre alte Linde. In den oberen, starken Ästen befand sich in fünf Meter Höhe auf einem Bretter-Plateau ein Altar. Bei schönem Wetter zelebrierte sein Pfarrer-Onkel die Messen von dort. So sagte man. Aber während des Aufenthalts des Erzählers im Ort geschah das nicht. Er sah ihn nie auf der Linde. Denkbar war, dass der Baum nicht mehr so stabil und deshalb das Besteigen verboten war. Selbst Linden werden brüchig. Und außerdem dachte Lehr: ›... Kann Gott es wollen, dass man nicht innerhalb der Kirche seiner huldigt, sondern zwischen Astgabeln?‹

Lehrs Mutter war immer stolz, dass ihr ältester Bruder Chefarzt war und ihr zweitältester Pfarrer. Sein Pfarrer-Onkel fuhr einen beigefarbenen Wartburg. War das ein Dienstwagen?! Ein Dreizylinder, Zweitakter. 50 PS. Frontmotor. Flüssigkeitsgekühlt. Baujahr 1965. Einzelradaufhängung. Schraubenfedern. Sein Onkel pflegte einen sportlichen Fahrstil. ›Für einen Pfarrer manchmal zu flott‹, dachte er. Gerade auch auf den DDR-Straßen, die hauptsächlich aus Pflastersteinen bestanden, in der Mitte eine hohe Wölbung hatten und nach rechts und links abfielen. Er hätte nie gedacht, dass ein Pfarrer so sportlich Gas geben würde. Bislang hatte er gemäßigte Pfarrer in seinem Umfeld.

An einem Werktag fuhren Onkel Helmut, Lehrs Mutter und Lehr von Schwanebeck nach Halberstadt. 11,5 Kilometer einfache Strecke. An einem anderen Tag von Schwanebeck nach Magdeburg. 50 Kilometer einfache Strecke. Zur Stadtbesichtigung und zum Einkaufen.

Dort waren sie in der Spielzeugabteilung eines Kaufhauses. Die Spiele, die angeboten wurden, unterschieden sich von denen in der BRD. Hier gab es mehr Spielzeug aus Karton, Papier. Nicht so viel aus Plastik. Und es gab andere Arten von Spielen. »Monopoly« zum Beispiel wurde hier nicht angeboten.

Thomas' Mutter fragte die Verkäuferin, welches Spiel sie empfehlen könne. Die Angestellte nahm eine Schachtel aus dem Regal hinter sich und legte sie auf die Theke vor sich.

Ein Verkehrsspiel für Kinder in einem rechteckigen Karton. Auf dem Deckel war eine Straßenkreuzung abgebildet. Daneben ein Verkehrslotse mit einer weißen Lotsenjacke, einer dazu passenden, weißen Mütze und einer Kelle in der ausgestreckten Hand. Eine Ampel, Verkehrsschilder.

Illustrationen. Keine Fotos.

Im Karton befanden sich mehrere Papierbögen in Querformat mit Zeichnungen einer Verkehrssituation, Fragen und Antworten. Die Blätter hatten im unteren, rechten Bereich ein rechteckiges Feld mit Löchern.

Im gelochten Sektor sah man Messingknöpfe, so groß wie essbare Linsen. Außerdem lag im Karton ein dünnes Kabel, an dessen einem Ende sich ein Metallstift mit einem

Messingknopf befand. Das andere Ende führte zu einer gezeichneten Ampel; mit zwei echten Glühlampen: grün und rot. Lehr nahm das Kabel in die Hand und berührte mit dem Stift eine Linse. Das grüne Lämpchen leuchtete. Bei einem anderen Kontakt leuchtete das rote Lämpchen.

Die Verkäuferin erklärte, dass das Spiel sehr wichtig sei, damit Kinder im Straßenverkehr zurechtkämen. Eine Flachbatterie sei dabei. Man könne sie leicht austauschen. Während die Verkäuferin sprach, hob sie das Innenteil des Spiels heraus, drehte es vorsichtig herum und deutete auf die Batterie, die mit einer Lasche aus Karton an der Unterseite gehalten wurde. Lehr war fasziniert von den blinkenden Lämpchen.

»Ich kaufe das Spiel und schenke es Dir!«, sagte sein Onkel zu Thomas. Lehrs Mutter nickte zustimmend. Sein Onkel bezahlte mit DDR-Geld.

War das vielleicht der »Ausgleich« zum Spion? Aber nichts auf der Welt konnte den Spion ersetzen. Außer ein anderer Spion. Eben genau dieser. Ein gleicher.

Außerdem bekam Lehr ein Spiele-Quartett geschenkt. Insgesamt schienen die Spielsachen nicht so hochwertig wie im Westen. Sie wirkten eher zusammengeschustert. Billig. Viel Pappe. Wenig Pepp.

Die Spiele-Geschenke machten die Erpressung um den Spion keineswegs wett. Vor allem gab es starke materielle Unterschiede. Aber das Emotionale überwiegte. Er wollte seinen Spion wiederhaben. Sein Pfarrer-Onkel hätte das Geschenk ablehnen sollen. Spürte er nicht, in welche Bedrängnis Lehr geraten war? Zwei verwandtschaftlich verbündete Erwachsene gegen ein Kind.

In der DDR sollte Lehr nicht so laut reden, dass fremde Menschen sein Gesagtes hören konnten – war die Anweisung seiner Mutter. Während des Aufenthalts auch die des Onkels.

Vor allem sollte er sich nicht über die schlechten Straßen mokieren, die wellig und mit Schlaglöchern versehen waren. Oder über die Häuser – die abblätternden Fassaden. Nicht über die Einschussstellen von Maschinengewehren oder Granatsplittereinschlägen vom Zweiten Weltkrieg, unübersehbar an Häusern. Die sahen vergammelt aus. Das DDR-Geld fand Lehr komisch. Optisch billiges Aluminium – die Münzen konnte man von der Handfläche wegpusten. Auf ihn wirkte das wie Kindergeld.

Er sollte sich nicht über die PKW, LKW, Motorräder mokieren, die ein völlig anderes Straßenbild abgaben als im Westen: Trabant, Schwalbe, Wartburg, Tatra, Moskwitsch, MZ. Dazu die Gerüche: stinkendes Benzin-Ölgemisch von Zweitaktern, die immer eine blaue Fahne hinter sich ließen. Oder die Kleidung, die die zivile Gesellschaft trug. Sie sah eben anders aus als im Westen. Auf den ersten Blick nicht so schick. Auf den zweiten Blick fehlte es an Markenware: keine Wrangler-Jeans, keine Levis, keine Adidas-Produkte, keine westlichen Automarken im großen Stil. Und man sah mehr Uniformierte. Oft mit Gewehren. Volkspolizisten, die ständig patrouillierten oder als Streckenposten an Kreuzungen Wache hielten. Die sollte Lehr auf keinen Fall ansprechen. Walter Ulbricht war 1965 Staatsratsvorsitzender der DDR.

Thomas' Onkel wollte nicht in die Bundesrepublik Deutschland übersiedeln. Er sagte immer: »Hier sind meine Schäfchen, der Bischof gab mir den Auftrag. Ich bleibe!« Dabei wurde Lehr lange Zeit von seinen Eltern vermittelt, dass man in der Deutschen Demokratischen Republik bleiben müsse. Für immer und ewig. Auch als Pfarrer.

Viele Jahre später hatte Lehr von Bekannten erfahren, dass mancher katholischer Kirchenvertreter von der Deutschen Demokratischen Republik in die Bundesrepublik

Deutschland übersiedelte, weil er bei seinem Bischof einen Antrag auf Versetzung gestellt hatte. Diese Angestellten der katholischen Kirche wollten nicht in der DDR bleiben. Nach der Grenzziehung durch die DDR-Oberen. Vermutlich verdienten sie in der BRD mehr Geld. Und sie wurden nicht von der Staatssicherheit überwacht. Mal abgesehen von anderen Freiheiten. Dem Konsum, zum Beispiel. Katholische Pfarrer waren eine konsumfreudige Zielgruppe. Sein Onkel sagte immer, dass er im Rentenalter »rübergehen« wolle.

Über seinen Pfarrer-Onkel erzählte man sich, dass er – wenn er mal per Zug hin- und herfuhr – Bücher schmuggelte. Über die Grenze. Wahrscheinlich trauten sich Grenzer in den Anfangsjahren der Demarkationslinie nicht, einen katholischen Pfarrer samt Gepäck zu durchsuchen. Oder sie glaubten seinen Angaben: Denn es steht geschrieben: »Du sollst nicht lügen.« Obwohl einige Kontrolleure bestimmt gerade in diesem Fall genauer geschaut hatten. Für Lehr, als katholischer Bub, war das ein Unding: Ein katholischer Pfarrer, der lügen musste, wenn er gefragt wurde, ob er was zu verzollen habe.

Lehrs Onkel kam 1977 zu Besuch nach Witten. Aber ohne Schmuggelware, denn die Grenzer hatten inzwischen mehrere DDR-Pfarrer überführt.

Lehr hatte ihn mit dem gelben Opel Ascona A, Stahlsportfelgen, 60 PS, der Eltern zurückgebracht. Von der elterlichen Wohnung in die der Großeltern, in der er zeitweise wohnte. Rückblickend rechnet es Lehr dem Pfarrer-Onkel hoch an, dass er dessen Stammfamilie einen Besuch abstattete. Der Onkel schien keine Ressentiments gegenüber dem Vater, beziehungsweise dessen Lebenswandel zu haben. Oder er übte sich in Diplomatie.

Nichtsdestotrotz wunderte sich Lehr, dass sein Onkel »einfach so« aus der DDR herüberkommen konnte. Nein, das war kein Wunder. Sein Onkel hatte den privaten Besuch mit einem dienstlichen bei seinem Bischof verknüpft.

Dieser Onkel-Besuch im Westen sollte der letzte als Lebender sein. Einige Monate später kam die Kunde, dass er tot sei. Gestorben an einer Kohlenmonoxid-Vergiftung. Zu Hause. Nachts. Der Kohleofen soll kaputt gewesen sein. Das giftige Gas strömte ins Zimmer, während er schlief. Morgens fand ihn die Haushälterin, ihren Arbeitgeber. Tot.

Eine grauenhafte Vorstellung. Dabei war Onkel Helmut technisch begabt. Er erledigte Reparaturen, die zu erledigen waren. Im Haus, im Garten, in der Kirche. Zudem war er Besitzer des »Goldenen Sportabzeichens«. Ein durchtrainierter Mann also. Ein katholischer Pfarrer mit Goldmedaille.

Fremdeinwirkung wurde von DDR-Behörden ausgeschlossen. Selbstmord wohl auch.

Der grau lackierte Sarg mit dem Leichnam wurde von Schwanebeck nach Witten überführt. Dort war die Beisetzung im engsten Familienkreis.

Lehr hatte während der Zeit in Schwanebeck nicht bei seinem Onkel gebeichtet. Das tat er deshalb nicht, weil er nicht wusste, ob der Onkel dicht hielt. Seiner Mutter gegenüber. Wie ist das in einem solchen Fall mit der Verwandtschaft? So ganz traute Lehr dem Beichtgeheimnis nicht. Man denke nur an die Zeit des Nationalsozialismus. Und man denke daran, dass jeder Mensch Schwächen hat. Außerdem hatte Lehr ein mulmiges Gefühl dabei, bei einem autoritären Verwandten die Beichte abzulegen. Man kannte sich immerhin privat. Für Lehr wäre das sehr komisch gewesen: hier der dunkle Beichtstuhl mit dem Pfarrer-Onkel und Gott. Dort mit dem Geistlichen – in dessen Wohnung – am selben Tisch zu sitzen, zu essen. Oder mit ihm im Auto zu fahren. Und er würde alle Sünden Lehrs kennen.

Lehrs Mutter ging in den Beichtstuhl und beichtete bei ihrem Bruder. Von ihm bekam sie eine Buße auferlegt. Von ihm nahm sie auch die Hostie entgegen. Während der Messfeier.

Ob das für die Psycho-Hygiene gut war, wenn die Schwester vor dem Bruder im Beichtstuhl kniete und ihre Sünden preisgab? Innerhalb der Verwandtschaft im kirchlichen Beichtstuhl zu beichten? Oder durfte man in dem Fall im Beichtstuhl lügen? Wieso lügen, wenn der Bruder katholischer Geistlicher war? – Man beichtete in dem Fall besser nicht bei dem eigenen Bruder.

Lehr musste bereits bei seinem Onkel Eberhard beichten. Denn Lehr kam nicht auf die Idee, zu einer anderen Gemeinde, zum Beispiel zur Nachbargemeinde zu gehen. Die Beichten und Bußen blieben damit innerhalb der Verwandtschaft. Zumindest nach dem Umzug nach Witten. Damit fühlte Lehr sich sehr schlecht. Und er schämte sich. Deshalb beichtete Lehr dem Pfarrer-Onkel nichts zum Thema Unschamhaftigkeit. Ob der Onkel darüber erstaunt war? Ein Junge in der Pubertät; beichtete nichts zum Thema Unschamhaftigkeit?!

Lehrs Pfarrer-Onkel in Witten hatte drei Wochen Urlaub. Während der Zeit wurde die Kirche nicht geschlossen, sondern ein Kollege vertrat ihn. Lehrs Vater hatte gehört, dass der Vertreter schlechte Predigten halten würde. Deshalb spielte auch Lehrs Vater während dieser Zeit keine Orgel und die Stammfamilie besuchte den Gottesdienst in der Gemeinde, die zu ihrem Stadtteil in Witten gehörte. Lehr saß in der Kirchenbank, um der Liturgie beizuwohnen. Lehr musste hier nicht als Messdiener tätig sein. Das gefiel ihm. Zudem fand er den Pfarrer und die Kirche besser. Er fühlte sich freier – hier lag kein verwandtschaftlicher Zwang vor.

Was erbte Lehr außerdem von seinem Vater? Geld nicht. Seine Eltern hatten keins. Oder? Lehr musste für seine Mutter ein Formular unterschreiben. Eine Vollmacht für die Sparkasse. Lehr wusste nicht, ob seine Mutter ihn überrumpelt hatte – in dem Sinne, dass sie Geld erbte und er, beziehungsweise seine Geschwister, nichts. Sie behielt das Auto. Einen weißen Opel Vectra A, 90 PS. Frontantrieb.

Jetzt war Lehr erneut eingefallen, dass sich sein Vater von Autoverkäufern, Drückerkolonnen oder Menschen, die ihm nach dem Mund redeten, um den Finger wickeln ließ. Wenn man zum Beispiel auf seine Tränendrüse drückte, unterschrieb er den Vertrag für Zeitschriften-Abos. Der große Hauptschullehrer. Der Rhetor. Der Mann, der andere sprachlich korrigierte. Der Mann, der sich mit Schulthemen innerhalb seines beruflichen Umfelds auskannte, jedoch die harte Arbeits- und Unternehmerwelt »draußen« nur vage in der Theorie kannte. Gerade hier meinte er jedoch, mitreden zu können. Von Unternehmern hielt Lehrs Vater nichts. »Die beuten die Menschen nur aus! – Die bereichern sich auf Kosten anderer!«

Als Lehr im Auto saß und nach Hause fuhr, überkam ihn wieder diese extreme Einsamkeit. Die kannte er aus seiner Kindheit. Sie war gekoppelt an den Wunsch, vom Vater gehalten zu werden, ihm sein Herz auszuschütten, gemeinsam Lösungen für Lebensprobleme zu finden. Ja, auch in den Armen des Vaters zu weinen. Ohne gefragt zu werden, was los sei. Die Einsamkeit war untrennbar verbunden mit dem Wunsch nach einem Beschützer. Nach einem gesunden, starken Vater. Nach einem Vorzeigevater bei Freunden. Nach einem Vater, der emotional greifbar war. Der Sicherheit vermittelte. Den Lehr verteidigen konnte, wenn es darauf ankam.

Manche Mutter schnitt ihren jungen Kindern gerne die Haare. Ab einem bestimmten Alter, sagen wir – ab Regelschulbeginn – sollten Kinder einen Profi-Frisör aufsuchen, sofern die Mutter nicht selbst vom Fach ist. Lehrs Mutter schnitt jedoch ihm, allen Geschwistern und ihrem Ehemann die Haare – ab der Zeit in Witten. Erstens, weil sie glaubte, dass sie das sehr gut könne, zweitens, weil sie Geld sparen wollte. Sie selbst ging allerdings zu einer Damenfrisörin mit Meisterbrief.

Bis auf seine Mutter sahen die Familienmitglieder nach »Do it yourself« aus. In der Schule wurde Lehr gefragt: »Wer hat dir denn die Haare geschnitten?« Er glaubte, er könne punkten, und sagte stolz: »Meine Mutter.« »Ja, das sieht man aber auch!«

Eine dreijährige Frisörausbildung mit handwerklicher Abschlussprüfung war eben was anderes. Mit Beginn seiner Pubertät ließ er die Haare wachsen. Anfang der 1970er-Jahre. Seine Mutter wollte immer wieder die Schere anlegen, doch er wehrte sich dagegen. Ihm kam zugute, dass viele Jungs und Männer sich die Haare länger wachsen ließen. Aber der Hauptgrund war, dass er ihre Schnitttechniken nicht mehr ausstehen konnte. Irgendwann sah er aus wir Prinz Eisenherz. Mit einem Pony-Schnitt und schulterlangen Haaren. »Matte …!«, riefen seine Mitschüler. Die meisten Mädchen fanden's klasse.

Dann bekam er Streptokokken. Nässender Juckreiz im Nacken. Er kratzte sich. Das Jucken wurde schlimmer. Es entstanden blutige Wunden. Dann wanderte der Ausschlag auf den Kopf. Die Lymphe lief in die Haare. Krustenbildung. Blut. Wieder Krustenbildung. Für die Nächte wurden selbst angefertigte »Schoner« aus Pappröhren für die Ellbogen-

Gelenke übergestreift, damit er die Arme nicht bis zum Kopf knicken konnte und im Halbschlaf alles blutig kratzte. Kopfkissen und Laken waren morgens trotzdem versaut.

Gemeinsam mit seiner Mutter ging er zu einem Hautarzt. Obwohl sein Vater über Wochen sagte: »Deswegen brauchst du keinen Arzt, das geht von allein wieder weg.«

Der Dermatologe verschrieb eine Salbe, die erst in der Apotheke gemixt werden sollte. Außerdem dicke Vitaminkapseln. Weil sie so dick waren, hatte er Probleme, diese hinunterzuschlucken. Vor und währenddem rief ihm sein Gedächtnis die Geschichte seiner Großmutter in Erinnerung, die an einer Tablette erstickt war.

Ich, Lehr, schreibe in mein Tagebuch:
Donnerstag, 8. Juni 1995, 13:39 Uhr. [Niedersfeld, FeWo].
(Bandeintrag)

(Heute): 03:36 Uhr. Träumte diffuse Bilder. Von einer Buchproduktion. Mein erstes eigenes! Hielt mich stundenlang an Überlegungen auf für ein Zwischenblatt aus blauem Leinen, was mit Prägedruck aus Silber versehen werden sollte. Dieses Blatt sollte an den Anfang des Buchblocks gestellt werden.

Das Buch sollte aus der Fabrik kommen. Das Leinenblatt mit Prägedruck sollte extra (von Hand) produziert werden. In kleiner Stückzahl.

Auf dem blauen Zwischenblatt Namen in Silberschrift. Namen von Menschen, die mir hier im Dorf begegnet sind. Namen, die für mich wichtig waren, oder noch sind.

Ansonsten waren die Traumbilder sehr diffus, das heißt unter einer Oberfläche brodelten sie, machten mich unruhig. Kamen aber nicht aus der Tiefe, sondern schwelten permanent im »Raum«.

06:35 Uhr. Träume davon, ein Buchcover zu gestalten. Der Buchdeckel mit meinem Autorennamen, dem Buchtitel – in verschiedenen Variationen. Nachdem der Buchumschlag fertig war, bestätigten Menschen der Jetztzeit, dass ich dieses Werk konzipiert und produziert hatte. Es war dieses Gefühl: Als ich meine Ideen artikuliert hatte, wurde alles niedergemacht, was ich zu tun beabsichtigte. Doch hatte ich genug Kraft, zum Ziel zu kommen. Anschließend wurde alles über den grünen Klee gelobt. Und ich bekam im Kern Recht. Es war für mich eine Bestätigung, dass ich den richtigen Weg gegangen bin.

Viele Namen stehen auf diesem Blatt; dieser Buchseite. Namen von Niedersfeldern, die ich kannte.

Dias: Silvester, Kanonenschlag, Blechdose, Nachmittag oder Abend, auf dem gemauerten Pfeiler des Schulzauns mit hölzernen Zwischenelementen. Clemens testete einen Kanonenschlag am Nachmittag. Unser Vater war dabei und passte auf, dass nichts schiefgeht. Mein Bruder und ich durften ohne Aufsicht um Mitternacht das Ding nicht zündeln, weil wir erstens zu unerfahren damit waren und zweitens mein Vater zum Jahreswechsel schlafen wollte. Er fühlte sich an diesem Tag nicht gut und wollte früh zu Bett gehen. Ich stand in sicherer Entfernung vom Zaun. Mein Vater und Clemens an einem Pfeiler, darauf die Keksblechdose und obenliegend der dunkelrote Kanonenschlag mit einer kurzen Zündschnur. Clemens hielt ein brennendes Streichholz daran. Sobald sie brannte, liefen beide Männer weg. Es machte sehr laut BUMM. Böller und Keksdose flogen vom Pfeiler. Der Böller zerfetzt, die Dose verbeult.

Für einen Kriegsveteran, wie mein Vater es war, war das wahrscheinlich eine Spielerei.

Diawechsel: Die tote, schon angebrannte, steife Katze in unserer Kellerheizung. Wir erfuhren später, wie die Katze darein kam. Frau Klucke wollte die Katze verbrennen, die bereits tot war. Aber es klappte nicht in diesem Koksofen. In den Folgewochen hatte ich beim Gang in den Keller Angst, die Katze würde aus der Heizung schleichen ... ich hatte einfach Angst ... es gruselte mich beim Gedanken einer toten schwarzen Katze in der Heizung.

Seit gut zwei Tagen schwirren mir tausend Dias durch den Kopf. Ich möchte sie gerne schreibend fixieren, um sie abzugeben. Das Schreiben als Heilungsprozess. Und, weil manchmal das Gefühl da ist, dahinter oder neben diesem Dia sind andere, wichtige Dias, die mich festhalten (in alten Mustern), sodass ich einfach sehen muss, wie ich weiter vorgehe, jetzt. Möglicherweise ist dieses Stadium auch ein Signal, dass ich endlich nach außen gehen soll – sprich Interviews mit Zeitgenossen meines Vaters (und meiner Mutter) führen sollte. Damit würde ich einen anderen Blickwinkel bekommen.

Dia: Halbstarke aus dem Dorf hatten mein Fahrrad oberhalb des Sportplatzes an einen elektrischen Weidezaun angelehnt, sodass es unter Strom stand. Ich traute mich nicht, es vom Zaun wegzunehmen, weil ich Angst hatte, einen Stromschlag zu bekommen. Die größeren Jungs haben mich erstmal – wie sagt man? – hingehalten. Ich wusste nicht, was ich tun sollte. Nach einer Weile hat ein älterer Junge das Rad vom Zaun weggezogen und mir hingehalten. Er hielt es währenddem an den Lenkergriffen fest. Ich hatte Angst es anzufassen, weil ich dachte, es sei immer noch unter Strom und ich würde eine gewischt kriegen. Aber dieser Junge hat mich dann beruhigt – indem er Metallteile berührte und mir demonstrierte, dass er keine gewischt bekam – und mir gesagt, ich solle keine Angst haben.

Daraufhin berührte ich es und war überzeugt. Ich bin unmittelbar damit nach Hause gefahren. Mit diesen Jungs wollte ich nichts zu tun haben.

Dia vom Spielen am Sägewerk; wir, miteinander befreundeten Schüler, sind auf Holzstapeln herumgeturnt. Es waren helle, bereits verarbeitete Fichtenbretter, die auf dem Gelände des Sägewerks meterhoch aufgeschichtet waren, damit sie trocknen konnten.

Ein Stapel bestand aus mehreren Holzlagen. Dazwischen, quergelegt, Holzbohlen. So konnte man – um hinauf- oder hinunterzukommen – mit den Füßen wunderbar in die Spalten treten, sich oben mit den Händen festhalten und den Stapel wie bei einer Leiter hinaufklettern.

Die Stapel hatten eine Höhe von drei bis fünf Metern. Wir haben Jagen gespielt, dabei sind wir von einem Stapel zum anderen gesprungen. Die Stapel schwankten dann. Es waren Mutproben.

Dia: an Kluckes Haus, gemeinsam mit Peter Spiel – jetzt fällt's mir ein: »Nichts geht über Bärenmarke«. Ich hatte einen handtellergroßen Bären aus Gummi (braun, von Bärenmarke; ein Werbegeschenk) und Michael hatte »Superman« als Kauffigur. Damit spielten wir. Als uns das zu langweilig wurde, zogen wir Wespenstachel aus den Insekten. Am Zaun hing eine Flasche mit zähem Zuckerwasser. Als Falle. Dorthin verirrte sich so manche Wespe. Wir zogen die noch zappelnden Tiere nacheinander mit einer Pinzette heraus, drückten sie auf einen steinernen Untergrund und hielten sie mit dem flachen Eisenende eines Schlosserhammers mit Holzstiel von oben fest, damit sie nicht wegflogen.

In Panik versuchte, die einzelne Wespe zu stechen. Sobald der Stachel hervorlugte, griff ich ihn mit der Pinzette und zog hin komplett heraus. Das sah widerlich aus. Da war sie entwaffnet. Anschließend ließ ich sie fliegen. Das hat mir größte Zufriedenheit bereitet. Die Wespe zu entschärfen. Vor allem deshalb, weil ich mich dann ohne Angst in der Nähe dieser Wespe aufhalten konnte. Ich wusste ja, dass sie nicht mehr »scharf« war. Einziger Nachteil: Ich konnte natürlich bei all den Wespen, die mir an diesem Nachmittag noch begegnet sind, nicht mehr wissen, ob denn das nun »meine« Wespe war.

Dia: Der Wettbewerb der einzelnen Dorffeuerwehren auf dem alten Schulhof, dem Sportplatz sowie auf der angrenzenden Wiese neben dem alten Schulhof. Die Feuerwehrmänner mussten aus *einigen Metern Entfernung aufgestellte Fässer mit dem Wasserstrahl aus ihrer Spritze treffen.*

Dazu wurden mobile Motorpumpen aufgebaut und die Saugleitung mit Sieb am kleinen Hillebach »angeschlossen«, damit sie Wasser hatten.

Dann gab's noch verschiedene andere Übungen, die alle mit Stoppuhren gemessen wurden. Zum Beispiel, wie lange die Feuerwehrleute brauchen, die einzelnen Schläuche miteinander zu verbinden und zu verlegen. Währenddem sah ich auch zum ersten Mal, wie Schläuche ausgerollt wurden. Die Feuerwehrexperten konnten das sehr gut. Mit Schwung, sodass sich der Schlauch in einer fast geraden Linie entrollen konnte. Der »Schnecken«-Schlauch kippte nicht auf halber Strecke um. Der gekonnte Wurf, das optimale Ausrollen war wichtig, denn ein anderer Kamerad rollte ja seinerseits einen Schlauch in die Richtung »des Brandes«, damit die Anschlüsse unmittelbar verbunden werden konnten. Es durfte keine Zeit verloren gehen. Deshalb nahmen die Feuerwehrmänner vorm Schlauchausrollen in einigen Metern Abstand Aufstellung voneinander. Zum Verbinden trug jeder Feuerwehrmann einen speziellen Haken am Gürtel, der genau mit dem Ring am Schlauchanschluss zusammenpasste. Später sah man im Schwarz-Weiß-Fernsehen, bei Raumpatrouille Orion unter anderem Commander Cliff Allister McLane (alias Dietmar Schönherr) mit einer solchen »Spritze« als Laserwaffe.

Da war richtig Action. Auf der Wiese und im Weltraum.

Kurzfristige Entscheidung, die 30 Kilometer nach Meschede zu fahren. Freue mich darauf. Brauche mal Abstand von Niedersfeld. Aber nein, das ist gar kein Abstand. In Meschede kauften wir manchmal ein. Und wir umrundeten zu Fuß den Hennesee.

Habe gerade die Bahngleise hinter Nuttlar überquert, erinnere mich an dieses Tal, ja, fühle mich einfach wohler, weil ich mal aus Niedersfeld rauskomme. S. o.

Jetzt bin ich in Bestwig.

150

10:52 Uhr. Komme vom Rundgang in Meschede zurück, sitze im Auto, habe so gut wie nichts in dieser Stadt wiedererkannt. Hat sich sehr viel verändert. Im Stadtkern ist alles auf Konsum ausgerichtet. Großzügige Fußgängerzone, Geschäft an Geschäft.

Gefühle? Innerlich kein Kontakt zur Vergangenheit. Keine Dias. Das ist gut. Habe mich jetzt entschlossen, zum Hennesee zu fahren, den ich von früher her kenne.

Das Wichtigste hätte ich fast vergessen: Bin schlecht gelaunt!

Bin jetzt auf dem Weg zum Staudamm, fühle, was die Dias betrifft, eine starke Leere in mir. Es war sehr viel. Die Eindrücke bislang. Das Aufschreiben. Das Darüber-Nachdenken. Das Nachspüren. Und ich darf mich da nicht überziehen, mit meinen eigenen Erwartungen.

Zwischenresümee: Ich bin damit zufrieden. Es war wichtig, dass ich diese Woche hier hochgefahren bin, in mein Geburtsdorf. Auf 515 Meter über dem Meeresspiegel. Dass ich Mut gefasst habe, es mit mir auszuhalten. Hier. Allein. Und dass ich hier einfach Abstand nehmen kann von dem ganzen Zeug. Abstand? Ja, Abstand, in dem ich vor Ort bin und schreiben darf. Dadurch gewinne ich Distanz.

Mehr, als ewig zu überlegen: ›Fahr ich jetzt dahin, fahr' ich nicht dahin?‹

Habe gerade meinen ersten Maikäfer im Leben gesehen! Jedenfalls bewusst. Denkbar ist, dass mir Maikäfer als Kind gezeigt wurden. Aber das habe ich vergessen. Er ist noch klein und sitzt auf Augenhöhe einem Zweig. Sind ja witzig, diese Tiere. Vor allem die kammartigen Fühler, die sie auffächern können. Totstellen konnte er sich auch gut. Er bietet sogar seine verletzliche Unterseite an. Mutig! So ein Maikäfer ist echt mutig! (Ende Bandeintrag)

Augenblicklich geht es mir wieder besser. Wohl auch deshalb, weil ich beim Schreiben zulasse, dass die meisten Dias eine Stimme erhalten.

Okay.

Niemand weiß, was er kann, wenn er es nicht versucht. 14:43 Uhr.

Er durfte nicht schwimmen gehen. »Hurra«, rief Thomas Lehr, wenn er allein war. Denn er schwamm nicht gern, seit dem Vorfall als junges Kind. Der Hautarzt hatte ihm vor ein paar Tagen ein Attest ausgestellt. Das war super für ihn. Das Attest gab er seinem Sportlehrer. Dass Lehr nicht schwimmen durfte, stärkte nicht sein Selbstbewusstsein. Auch deshalb nicht, weil der Sportlehrer entschied, dass er dem Sportunterricht beiwohnen solle. Lehr saß dann – zum Beispiel in der Turnhalle – auf der Bank. Im Hallenbad im Foyer. Über Monate ging das so.

Diawechsel: In Witten fing Lehr mit dem Spucken an. Am Bett. Er spuckte ab der Bettkante die Tapete voll. Abends, vor dem Schlafengehen, nachts, wenn er aufwachte, morgens. Das war eine Phobie. Anfangs machte er das unbewusst. Zwischen dem hölzernen Bettgestell und der Wand, lief die Spucke an der Tapete runter. Seine Mutter entdeckte die Sauerei nicht sofort; etwa beim Bettenbeziehen. Sie bemerkte das erst beim Putzen. Als sie dazu das Bett von der Wand abgerückt hatte. Und dort hatte sich, an der Tapete entlang bis zur Fußbodenleiste eine Schleimspur gebildet. Die war an den Rändern eingetrocknet. Eine Ferkelei! Lehr bekam einen Anschiss. Er schämte sich, wurde rot. Aber er machte weiter. Er konnte nicht anders.

Lehr spuckte auch außerhalb der Wohnung. Auf der Straße, auf dem Schulhof, vor der Garage. Das wurde manchmal so schlimm, dass der Magen nicht genug Speichel hatte. Dann hatte er Magenschmerzen und Verdauungsprobleme. Sein Vater riet ihm mal dazu, die

Spucke erst im Mund zu sammeln und dann zu schlucken. Das tat er, wenn sein Vater in der Nähe war. Sonst nicht.

Etwa innerhalb desselben Zeitraums in den 70er-Jahren, berührte er über Monate Türklinken ausschließlich mit seinen Ellbogen. Er hatte Angst vor Keimen, die sich an Händen und Fingern ablagern und ihn schwer krank machen könnten. Während des Essens spuckte er zuweilen Happen aus dem Mund in eine Serviette oder ein Zellstofftaschentuch. Dabei tat er so, als würde er sich nur die Lippen abwischen. Dieses Knäuel aus Speisebrei und Papier steckte er unauffällig in die Hosentaschen und entsorgte das Zeug später im Abfalleimer. Er fand oft Gräten, Knochen- oder Knorpelreste. Manchmal Plastikstücke im Essen. Nach dem Öffnen von Konservendosen sah er gelegentlich am Rand Metallteile im Aprikosensirup schwimmen. Bei der kleinsten »Unebenheit« in Nahrungsmitteln, die er während des Kauprozesses wahrnahm, hatte er Angst davor, diese könnten sich im Darm festsetzen – speziell im Blinddarm – und er müsste ins Krankenhaus: Appendix-Not-OP.

Sein Vater war pensioniert. Aufgrund seiner Suchtkrankheit. Die Ärzte sagten ihm: »Wenn Sie mit dem Trinken so weitermachen, ist das Ihr sicherer Tod!«

Die Polizei war häufiger im Haus. Wegen Lehrs Bruder Clemens. Sie hatten ihn kontrolliert, im Straßenverkehr, und Alkoholtests gemacht. Diese fielen positiv aus. Clemens bekam die ersten Punkte in Flensburg.

Lehr überkam heute noch Ekel und Abscheu, wenn er an die Ereignisse dachte.

Kinder lernten hauptsächlich von ihren Eltern. Abschauen, verinnerlichen, nachmachen.

Seine Eltern hatten untereinander nicht nur tagsüber Probleme gewälzt, sondern auch nachts. Wenn sie deshalb nicht schlafen konnten. Das ging dann bei Tisch weiter: Frühstück, Mittag, Kuchen essen, Abendbrot.

Diese Tisch-Gespräche waren zu 85 Prozent Problemgespräche. Dabei schwiegen in manchen Klöstern die Mönche während des Essens. Was er sehr gut fand! Das Nichtsprechen schonte nicht nur den Schluckapparat. Seine Mutter verschluckte sich oft, weil sie sich aufregte, die permanenten Spannungen nicht mehr ertrug. Sie musste dann husten, aufspringen, zur Toilette gehen und das Essen dort ausspucken.

In den 1980er-Jahren fasste sein Vater seiner Mutter an die rechte Brust. Während des Mittagessens. Im Beisein der Kinder. Sechs Köpfe. Lehr schämte sich in Grund und Boden deswegen. Sein Vater fand nix dabei. Seine Mutter wurde knallrot, war geschockt, irritiert, verlegen und hatte Lehrs Vater daraufhin lautstark zusammengeschissen. War das eine Handlung des Vaters im alkoholischen Trockenrausch?

Was war darüber hinaus in der Vergangenheit an Übergriffen in der Familie vorgefallen?

Lehr vermutete seit Jahren, dass seine älteren Geschwister mehr wussten als er. Der Katholik griff seiner Frau an die Brust. Während der Tischzeit. Vor versammelter Familie. Da waren alle im Erwachsenenalter.

Lehr musste seinen Vater verteidigen. Das machte man automatisch, wenn man in die Schule ging. Man wurde gefragt: »Was macht dein Vater beruflich?« »Ach, Lehrer! – An welcher Schule?« »Ach, an keiner!« »Ach, krank! Was hat er denn?« »Ach so, die Kriegswirren, dann die Unterernährung in der Kriegsgefangenschaft … aufgrund dessen eine schwere Folgeerkrankung … und jetzt ist er in

Rente?« »Nein, nicht in Rente, er ist Pensionär. Beamte erhalten eine Pension. Keine Rente.«

»Und du gehst jetzt auf die Hauptschule? Direkt vom Gymnasium auf die Hauptschule? Das macht man doch nicht. Vom Gymnasium geht man auf die Realschule. Welchen Beruf hat deine Mutter? Lehrerin – also beide Lehrer? Und dann haben sie das so entschieden? Haben die überhaupt Ahnung?«

Lehrs Klassenlehrerin in der siebten Klasse der Hauptschule hieß Broning. Sie war so alt wie seine Mutter. Und sie kannten sich, als sie als Jugendliche in Witten lebten. Frau Broning trug ihre Brille – wenn sie nicht von Nase und Ohrmuscheln abgestützt wurde – an einer goldenen feingliedrigen Kette, die um ihren Hals hing. Das war damals schick. Anfang der 70er-Jahre.

Lehrs Mutter erzählte ihm zu Hause, sie nenne sich Frau Broning, weil sie mal heiraten wollte. Einen Herrn Broning. In den 1950er-Jahren. Der »Versprochene« hatte jedoch kurzfristig einen Sinnes- und Gefühlswandel und heiratete eine andere Dame. Diese hieß dann Broning. Aus Rache hatte die erste Broning den Namen des Mannes »angenommen«, um ihn zu ärgern.

Ging das namensrechtlich überhaupt?

Für Lehr war es unvorteilhaft, dass er solch private Dinge, ja *intime* Details über seine Klassenlehrerin wusste. In seinen Augen war Frau Broning von diesem Zeitpunkt ab eine schwache Klassenlehrerin. Zudem fragt sich Lehr bis heute, warum seine Mutter ihm das mitteilte. Sollten Eltern nicht private Angelegenheiten, die nur Erwachsene betrafen, für sich behalten? Gerade auch dann, wenn hier eine Schüler-Lehrerinnen-Beziehung bestand? Frau Broning blieb unverheiratet. Vermutlich in dem Sinne: »Wenn es bei der Neuen nicht klappt – ich bin noch für dich frei.«

Ob Lehr Schulrat Dornauf jemals begegnet war, konnte er nicht mehr sagen. Seinerzeit war Dornaufs Amtssitz in Brilon. Der Kreisstadt des Kreises Brilon. Das war die Ansprechstation für Lehrer. Brilon lag 30 Kilometer von Niedersfeld entfernt. Fahrzeit mit PKW oder Bus: circa 40 Minuten. Fuhr Schulrat Dornauf einen Opel Kapitän? Lehrer fuhren in den 1960er gerne Opel. Man erzählte sich, dass Schulrat Dornauf große Hämorriden hatte. Über irgendeinen Kommunikationskanal drang diese Intimität bis zu Lehr vor.

Die Hämorrhoiden waren so voluminös, dass er beim Autofahren auf einem aufgeblasenen Schwimmreifen saß. Wie er auf anderen Sitzgelegenheiten Platz nahm, wurde nicht übermittelt. Denkbar ist natürlich, dass er den Schwimmring überall hin mitnahm. Anders würde es keinen Sinn ergeben, einen aufblasbaren Schwimmring im Gepäck zu haben.

Spengler, so hieß eine andere Lehrersfamilie. Manchmal hatten Lehrersfamilien flüchtig miteinander Kontakt. Dazu gab es aber keine Regel. Die könnte lauten: »Nur weil die Eltern Lehrer sind, gibt es gemeinsame Interessen.«

Zuweilen brachen die Kontakte nach einiger Zeit wieder ab. Jede Familie hatte mit sich selbst genug zu tun. Oder?

Die katholische Familie Spengler war deshalb erwähnenswert, weil der Sohn den Freitod suchte. Circa ein Jahr vorm Abitur. Er ging in dieselbe Klasse wie Veronika. Das muss 1964 gewesen sein. Spenglers wohnten in Brilon. Nicht in Niedersfeld. Veronika und der Sohn waren befreundet.

Von dem Suizid erfuhr Lehr aber nicht unmittelbar. Ob Veronika oder gar seine Eltern der Beerdigung beiwohnten, war nicht überliefert.

Wieder ein Familiengeheimnis.

Spenglers hatten sechs Kinder. Allerdings kann sich Lehr nicht mehr an Gesichter oder Vornamen erinnern. Vielleicht blendete er beides bis zum heutigen Tag aus, weil der Freitod bei Katholiken eine Todsünde war?! Das belastete Lehr bis heute. Erstens hieß das fünfte Gebot: »Du sollst nicht töten.« – Was die Selbsttötung einschließt.

Zweitens kamen Menschen, die durch Suizid starben, nicht in den Himmel. Ihre Seele würde ewig in der Hölle schmoren. Drittens wurde Kirchenmitgliedern eine katholische Beerdigung verweigert. Hatte der Sohn etwa Schulschwierigkeiten? Damals, in den 60er-Jahren? Lehr konnte es nur vermuten.

Als Veronika circa 40 Jahre alt war, hatte Lehrs Mutter während eines entspannten Beisammenseins seiner Schwester folgende Frage gestellt: »Ich dachte damals immer, du hättest was mit dem gehabt. Habt ihr miteinander geschlafen?« Veronika war ob dieser Frage sichtlich geschockt. Sie soll angeblich daraufhin »Nein« geantwortet haben. Sicherlich war Veronika total überrascht, dass ihre Stiefmutter danach fragte. Nach Jahrzehnten. Und offenbar in einem vertrauten Moment ein »Geständnis« abpressen wollte. Genauere Umstände zum Suizid des Gymnasiasten und Lehrersohns kannte der Erzähler nicht. Man schwieg dazu. Der Sohn musste circa 17 Jahre alt gewesen sein, als er das tat.

Hat eine Mutter nach Jahrzehnten das Recht, ihre erwachsene Tochter danach zu fragen, ob diese ein intimes Verhältnis zu einem Mitschüler hatte? Waren vielleicht Probleme der beiden der Auslöser für den Suizid? Hatte Spenglers Sohn Schulschwierigkeiten? War der Druck durch die Eltern zu hoch? »Du musst das Abitur machen und dann studieren. Am besten Medizin oder Jura!«

Als Lehrs schulische Leistungen schwächer wurden, erwogen die Eltern, ihn auf ein Internat zu schicken. Sein Vater war auf einem Internat in Holland gewesen. Dann sickerte durch, dass es in deutschen Internaten Selbstmorde von Schülerinnen und Schülern gab. Von sexueller Gewalt in Internaten hörte Lehr in den 1960er-Jahren nichts. Allerdings bedeutete das nicht, dass es sie während dieser Zeit bereits gab. Die Bestätigung dazu erhielt Lehr Ende der 1990er-Jahre. Der Bekannte einer guten Freundin, zehn Jahre älter als Lehr, wurde in einem katholischen Internat in Bayern sexuell missbraucht.

Seine Eltern hielten Abstand von der Idee, Thomas dort anzumelden. Die genauen Gründe erfuhr er nicht. Hatte etwa sein Vater im holländischen Internat Erfahrungen mit Suizidenten? War das der Zusammenhang?

Lehr hatte am Freitag, 30. April 2010, einen Brief erhalten. Keine Rechnung. Auch kein Behördenbrief. Privatpost. Er las den Absendernamen. Tobias. Tobias W. Natürlich erinnerte sich Lehr an Tobias W. Auch deshalb, weil er Bestandteil seines literarischen Erstlingswerks war. Ein Freund und Klassenkamerad aus i-Männchen-Zeiten. Und später, das eine Jahr am Gymnasium. Tobias fragte im maschinengeschriebenen Brief an, ob Lehr noch wisse, wer er sei. Und ob er noch seine Nachbarsfreundin Bärbel kenne? Mit ihr sei Lehr in den Kindergarten gegangen, so schrieb Tobias.

Aber Lehr war sich sicher, dass sie nicht gemeinsam im Kindergarten waren. So war auch seine Erinnerung im »Beichtgang« gewesen. Nichtsdestotrotz freute es ihn, dass jemand aus der Volksschulzeit Kontakt mit ihm aufgenommen hatte. Und zu dieser Freude gesellte sich eine Bejahung zur Teilnahme an einem möglichen i-Männchen-Klassentreffen. Obgleich er lieber noch 24 Stunden warten wollte, mit einer Gefühlsbewertung. Denn Lehr kannte diese hochschießende Überschwänglichkeit. Sie war erwachsenen Kindern aus alkoholkranken Familien eigen. Dieses sich Hineinsteigern in die Vergangenheit. Diese Bilder und wirren Gefühlsstürme. JA! Menschen, mit denen Lehr als Kind gespielt und getobt hatte. Mit denen er Kirschen stahl, hatten ihn gefunden. IHN! Nach so vielen Jahrzehnten.

Es kam doch anders, als man erwartete – sagte der Volksmund.

Tobias bat in seinem maschinengeschriebenen Brief darum, sich sofort zu melden. Am 2. Mai 2010 setzte Lehr einen Brief im Notebook auf. Doch, wie schreibt man einem alten Freund? Wie träfe er den richtigen Ton? Ohne Überheblichkeit? Ohne Überschwang? Ohne Trauer? Trauer über die verstrichenen Jahre? Über Schicksalsschläge? Über glückliche Momente?

Was würde ein Kontakt zu seinem Schulkameraden lostreten? Wollte Lehr wirklich den Kontakt? Wollte er tatsächlich tiefer in das Leben des anderen – in das Leben der anderen Mitschüler – eintauchen? Hatte er nicht mit seinem eigenen Leben genug zu tun? War es nicht schwierig genug, sich mit dem eigenen Leben zu beschäftigen? Mit den Leben im Innen wie im Außen?

Was würde Tobias ihm erzählen? Aus seinem Leben? Was würde er von anderen hören? Und vor allem: Was würde er von sich preisgeben? Meine Arbeit, mein Haus, mein Auto, mein Urlaub, meine Kinder, meine Enkelkinder, meine Schulden, meine Krankheiten, meine Schicksalsschläge, meine Arztbesuche, meine Ferienwohnung, meine Medikamente, meine Feindschaften, meine Saufgelage, meine Affären, meine unehelichen Kinder, meine Samenspenden, mein Verhältnis zu meinen Eltern, meine Zeit als Schützenkönig, meine Laster, mein Körpergewicht, mein Haarausfall, meine

Zahnfüllungen und Mundprothesen, meine gefärbten Haare, das Fremdgehen meiner Frau und ihre Alkoholsucht. Meine Erd- oder Feuerbestattung?

Thomas begann seinen Brief mit:

»Guten Tag, Tobias,

vielen Dank für deinen Brief – die Kontaktaufnahme.«

Das klang ja schon mal positiv, oder? Dann fuhr er fort:

»Die Buschtrommeln scheinen in Niedersfeld zu funktionieren. Vermutlich hast du meine Daten von Herrn Linder erhalten.«

Ich, Lehr, schreibe in mein Tagebuch:

Freitag, 9. Juni 1995, 13:52 Uhr. [Niedersfeld, FeWo].

Es ist bereits Freitag, mein letzter Tag vor der Abreise. Ich fühle mich sauwohl. Doch, ehrlich! Es war und ist eine schöne Zeit. Alles hat gut geklappt und ich bin zufrieden mit meinem schriftstellerischen Tun.

Natürlich habe ich auch Mut von und mit – oder durch – Hermann Hesse bekommen. Er schreibt sehr gut.

Was die Verschachtelung von Sinnzusammenhängen betrifft (ich könnte ebenso Bilder oder Szenen schreiben), führe ich hier das Beispiel »Unterbrochene Schulstunde« von H. Hesse an. Er beginnt mit der Kunst des Erzählens und endet mit seinem direkten Gefühl zu seinem damaligen Tun – während er Schüler war.

Ich fühlte mich selbst zurückversetzt in meine Zeit; in mein Erleben und in mein Fühlen.

(Bandeintrag)

19:15 Uhr (Donnerstag). Habe heute Nachmittag einen ruhigen Lesetag an meine Schreibarbeiten angeschlossen (Hermann Hesse) und bin begeistert.

Ich lese von H. Hesse »Innen und Außen«. Seite 190. Seite 208 bis 210. Seite 229 bis 231. Seite 246 und 247.

Spontan sehe ich, wie sich mein Schreibprojekt Niedersfeld entwickelt: Ich möchte in nächster Zeit weiter recherchieren. Ob das dieses Jahr noch geht, weiß ich nicht. Das heißt also, noch mal hierhin zu fahren und Zeitzeugen zu befragen. Das würde ich dann doch ganz gerne tun. In dem Stadium bin ich jetzt. Step by step. Es ist ein weiter Weg und für mich auch sehr anstrengend, aber ich glaube, die Zeit ist reif.

Bin jetzt aufgewacht. 07:36 Uhr. Diffuse Dias. Bin mehrfach durch mein Dorf gegangen, im Traum.

Dia: Sammeln von Blaubeeren auf der Hochheide mit meiner Volksschulklasse. Lehrerin Vormstein. Ich hatte nicht daran gedacht, von zu Hause einen Becher mitzunehmen.

So musste ich warten, bis irgendein Kind mit seinem Becher Beeren gesammelt hatte und mir seinen lieh. Derweil stand ich herum.

Dia: Seifenkistenfahren in der alten Schule. Mein Bruder und ich hatten ein solches Gefährt aus Holz und Kinderwagenachsen beziehungsweise Rädern gebaut. Mein Patenonkel hatte während eines Besuchs die Achsen, Räder und Schrauben mitgebracht. Holz und Werkzeug hatten wir im Keller. Mein Bruder schob mich abends im Dunkeln zu Testzwecken durch die Klassenräume im Erdgeschoss; das fand ich angenehm. Der Vater verbot uns aber, das Licht in den Zimmern einzuschalten, weil Vorbeigehende sich wundern würden, warum dort Licht brennt. Neugierige würden mit den Nasen an den Scheiben kleben und sich später beschweren: die Söhne des Hauptlehrers benutzen die Klassenräume privat.

Um bei Dunkelheit etwas sehen zu können, hatte ich am Vorderwagen eine Fahrradlampe montiert, die über eine 4,5 Volt Daimon-Flachbatterie gespeist wurde. Diese befand sich unter meinem Fahrersitz. Anstelle der klassischen Fahrradbirne, die 6 Volt hat und in der Kombination mit der 4,5-Volt-Batterie deshalb zu dunkel gewesen wäre, strahlte nun eine zur Batterie passende Taschenlampenbirne im Reflektor. Hinten gab es kein Licht.

Der Lenkeinschlag war nicht so elegant. Sprich der Lenkradius. Das hätte man verbessern können. Denn so musste ich oft, an Kurven, mehrmals vor und zurück geschoben werden. Oder ich eckte an.

Eine Bremse gab es nicht. Deshalb war der Einsatz begrenzt: ausschließlich flache Strecken, keine Abhänge. Für die Zeit nach der Testfahrt – draußen.

Vorne war ein runder Holzklotz quasi als Stoßstange montiert und an diesem wiederum mit Nägeln befestigt (Idee meines Bruders): eine gute alte, noch schön bauchig-gewölbte, verchromte VW-Radkappe, die wir irgendwann auf einer unserer Spaziergänge am Straßenrand gefunden hatten und von da an unser Eigen nannten.

Dia vom Dachboden. Hatte mir eine Art Trampolin-Parcours gebaut. Aus alten Bettfederrahmen. Dazwischen, als »Startblöcke«, alte ausrangierte Schulbänke aus den 1940er Jahren mit Tintenfasslöchern. Ich wollte immer Saltos probieren. Weiß nicht mehr, ob ich mich getraut habe. Das war ein 20 Meter langer Dachboden und da war eine Möglichkeit, das zu probieren.

Dia vom Kabäutzchen auf dem Dachboden. Das von uns so genannte Kabäutzchen war praktisch eine kleine Holzhütte, die auf dem Dachboden stand. Darin habe ich manchmal gespielt oder auch Marlene und ich. Zum Beispiel kochte Marlene in ihrer Puppenküche Sternchennudeln mit einem kleinen Aluminiumtopf. Der stand auf dem Puppenküchenherd, der mit Esbitsteinchen beheizt wurde. Die Schule hätte abbrennen können. Später aßen wir die Nudeln; satt wurde ich nicht davon.

Nach dem Frühstück entschied ich mich dazu, auf die Hochheide zu gehen.

Dia vom Kabel-Fernlenkauto aus Blech (bestellt über Versandkatalog Schöpflin Haagen, Quelle oder Neckermann; nein, Otto-Versand-Hamburg-Fans waren wir nie.) Ein amerikanischer Straßenkreuzer, den ich mir lange zuvor gewünscht hatte (zum

Namenstag – ja, richtig, wir feierten bis in die 1970er-Jahre hinein unsere Namenstage, nicht unsere Geburtstage. Das machten viele Katholiken so. Das wurde in den Jahren dann so komisch, dass selbst mein Patenonkel sich darüber wunderte.)

Bei diesem Cabriolet, was rot-schwarz war, konnte man per Knopfdruck das Verdeck raus- und reinfahren. Es »versteckte« sich im Kofferraum, der sich bei Betätigung leicht öffnete und das Verdeck verstaute.

Das Auto habe ich sehr gemocht; und bin viel damit gefahren.

Dia vom Wassereinbruch durch den Heizüberlaufkessel; tropfende Decken, nasse Schulbänke. Das Wasser tropfte zunächst in unsere Wohnung im ersten Stock, später ins Erdgeschoß. Der Schaden entstand nachts. Das Verrückte war, dass in unserer Wohnung verteilt Eimer, Wannen, Schüsseln und Töpfe standen, die das Wasser aufnehmen sollten. Meine Mutter ging sogar mit aufgespanntem Regenschirm – im Nachthemd – durch die Wohnung. Es war eine Riesensauerei. Mutter sagte später, dass Vater sich in der Nacht nicht kümmern wollte. Ihm war alles egal. Sie hatten wohl Streit vorher. Jedenfalls machte meine Mutter alles allein.

Ein anderes Dia. Der Sägewerk-Mann, Chef des Sägewerks, der mit seinem umgebauten offenen US-Militär-Jeep vorbeikam, um das Holz zu sägen. Hinten war eine Stahlplatte samt Kreissäge montiert. Damit der Jeep sicher stand, ließ der Mann am Ende der Platte zwei runde Stahlstützen von Hand bis auf den Boden herunter und fixierte diese. Mit einem breiten Transmissionsriemen wurde die Säge vom Motor aus angetrieben. Zuvor steckte der Sägewerk-Mann am Motor eine Welle mit einem Schwungrad auf. Um eine gleichbleibende Drehzahl für die Kreissäge zu erhalten, wurde an einem Hebel das Gas für den Motor eingestellt.

Aus den zersägten Holzstämmen wurden Holzklötze. Und diese mussten an der Stirnseite der Dorfschule mit einer Axt zerkleinert

163

werden. Das Holz war für die Dienstwohnung, in der Lehrs wohnten. Die Arbeit dauerte mehrere Tage lang. Lehr half mit, weil Clemens krankheitsbedingt ausfiel. Und Lehrs Vater war durch seine Krankheit geschwächt. Lehrs Mutter half mit. Veronika und Marlene waren handwerklich nicht dazu in der Lage.

Dia vom abgerissenen Blitzableiterkabel an einer Ecke des Schulgebäudes. Auf dem Nachhauseweg sprang ich manchmal extra an der Stelle hoch, aus Angst, im Moment des Passierens, könnte ein Blitz in den First schlagen und unten rauskommen. Mein Bruder erzählte das mal: Er saß bei strahlendem Sonnenschein auf dem Süßkirschbaum, der in der Nähe der Schule im angrenzenden Garten stand, und genoss die schmackhaften Früchte. Der Garten gehörte zur Dienstwohnung. Ein Gewitter zog auf. Mein Bruder dachte sich nichts dabei. Es kam schnell näher. Plötzlich schoss eine Flamme aus dem Stahlseil, sodass er vor Schreck zügig vom Baum herunterkletterte.

Ich habe manchmal Umwege gemacht und bin an der anderen Schulseite zur Eingangstür gegangen, obwohl der Weg länger war.

Das Blitzableiterkabel hatte ein Bagger beim Ausschachten der neuen Senkgrube abgerissen. Seit der Zeit – die Grube war seit Monaten wieder verschüttet – endete der Seilrest in Kniehöhe überm Boden. Und in den nächsten Monaten fühlte sich niemand verantwortlich, sich um die Reparatur zu kümmern.

Dia: Ich lieh mir Clemens' Rennrad aus. Ohne ihn zu fragen. Es machte mir sehr viel Spaß, mit diesem Fünf-Gang-Vaterland-Rad zu fahren. Kettenschaltung, keine Nabenschaltung. Es war einfach schicker, schneller und eben ein Rennrad. Allerdings nicht mit den für Tour-de-France-Fahrer typischen extra schmalen Reifen und Felgen, sondern, man könnte sagen, eine Straßenversion für angehende Radrenn-Amateure.

Und in diesem Spaß bin ich dann in der Kurve auf der Ruhrstraße, B 480, über einen Schotter-Stein gefahren, den ein

Steinbruch-LKW, Marke Tatra, verloren hatte. Der Stein so groß wie meine Faust. Und ich konnte nicht mehr ausweichen. Das heißt, ich sah ihn im letzten Moment, bin dann reflexartig ausgewichen, so gut es ging, erwischte aber mit ziemlichen Tempo noch eine Ecke des Steins, der nach Berührung wegsprang. Durch die ad hoc Lenkbewegung wäre ich fast gestürzt. Ich fuhr weiter und in der nächsten Kurve rutschte das Vorderrad weg – weil der Reifen keine Luft mehr hatte. Ich stürzte, völlig erschrocken. Zum Glück nur eine Schramme am Bein.

Ich habe das Rad dann nach Hause geschoben und schnell repariert. Der Mantel hatte außen eine Stauchstelle, wenigstens keinen Riss. Der Schlauch hatte ein Loch. Die Felge hatte glücklicherweise kein Ei. Der Schlauch wurde mit einem passenden Flicken abgedichtet. An der gestauchten Mantelstelle legte ich ein Stück eines anderen Mantels unter. Wichtig war hier, dass das Rad relativ neu war. Deswegen für meinen Bruder und für mich umso schlimmer.

Fahrt mit dem Tretroller. Zu Karl Schummer. Der hatte eine Schmiede und sollte die Vorderradgabel schweißen, die angebrochen war. Und er hat das dann notdürftig gemacht. Weil er mir helfen wollte. Hat aber auch gesagt, dass das auf Dauer nicht hält. Die Rohre seien zu dünn. Und schweißen macht das Metall spröde, sodass es irgendwann ganz bricht. Während einer Rollerfahrt könnte das tödlich sein. Ich freute mich zumindest, dass er mir half und ich wieder mit dem Roller fahren konnte.

Bin jetzt auf dem Parkplatz »Hochheide« und gehe über den Rundwanderweg, der durch einen Wald führt, übern »Neuen Hagen«. Vier Kilometer steht dort. Jetzt ist es 10:04 Uhr, recht frisch und trübe. Es wird bestimmt noch Regen geben.

Ich genieße die Ruhe des Waldes und erfreue mich an dem vernehmbaren Vogelgezwitscher.

Habe gerade Composit-Fotos gemacht. Kiefernzapfen über Stein und Baum mit Stein.

11:07 Uhr. Kleiner Abstecher zum Steinbruch. Dort wird gearbeitet und mit Hinweisschildern davor gewarnt, dass Sprengungen stattfinden.

Bin jetzt wieder auf dem Rundweg und sehe vor mir Heidschnucken!

Begegnung mit dieser speziellen Schafrasse. Fotos. Kleiner Plausch mit dem Schäfer. War ganz interessant. Aber er war recht aggressiv. Was so seine Lebenseinstellung betraf. Also pessimistisch. Ist aber nicht an mich gegangen, dieser Pessimismus. Ein wichtiger Lernprozess für mich. Noch als junger Erwachsener saugte ich Pessimismus von Menschen geradezu auf. Jetzt konnte ich mich davon abgrenzen. Das war gesünder.

Erfuhr, dass im Steinbruch heute gegen 15 Uhr gesprengt wird und dass auf dieses Stück, wo ich jetzt bin, auch Steinbrocken fliegen können. Der Schäfer zeigte auf einen – etwa kürbisgroßen – Felsbrocken, der dorthin geflogen sein muss. Obwohl das sehr weit entfernt ist von den Sprengstellen im Steinbruch. Die Bannmeile mit Verbotsschildern des »Betretens unter Lebensgefahr« ist mindestens 600 Meter Fluglinie entfernt.

Sitze auf einer Bank; vor mir ein Bächlein; drumherum Eschen, Heidekraut, Gräser, ein kleiner Felsen. Einfach Natur. Ein meditativer Raum.

Sitze im Auto und fahre zur FeWo. (Ende Bandeintrag). 15:28 Uhr.

Natürlich wollte Lehr möglichst viel von Herrn Linder erfahren. Möglichst viel über das elterliche Benehmen im Dorf. Linder war zudem so ehrlich zu sagen, dass Linder den Schalk seines Vaters nie verstanden habe. Und nie verstand. Lehr wollte schnell darauf antworten: »… Alkoholiker haben ihre eigene Lustigkeit …« Nicht-Alkohol-Konsumierende verstanden oft die alkoholeigene Heiterkeit nicht. Und was ihn betraf: Lehr wollte den Humor von Alkoholkranken nicht mehr verstehen. Das hatte Lehr sich spätestens seit dem 30. Lebensjahr abgewöhnt. Damit lebte er gesünder.

Lehr kam es so vor, als habe er Linder während der Treffen Passagen eines Manuskripts erzählt. Warum hatte Lehr seinen Redefluss nicht mit einem digitalen Audiogerät mitgeschnitten? Nein, das hätte er Linder nicht antun dürfen und können.

Der einwöchige Aufenthalt Lehrs 1995 in Niedersfeld, die zwei Treffen an einem Wochenende mit Herrn Linder im Sommer 2009, das Schreiben und Fotografieren hatten bei Lehr einiges in Bewegung gesetzt. So fuhr er unter anderem nach Witten – zum Grab seines Vaters. Zum ersten Mal seit der Beerdigung. Bekanntermaßen waren 19 Jahre verstrichen.

Die Doppelkammer war mit Rasen übersät. Es gab weder einen Grabstein noch sonst irgendeinen namentlichen Hinweis darauf, wer dort beerdigt war. Niemand hatte sich um diese Dinge gekümmert. Lediglich die Nummer am Grabrand, auf dem in die Erde eingelassenen, senkrecht stehenden Keramikstein, verwies darauf: 8/9. Lehr sprach ein kurzes Gebet, bedankte sich, machte einige Farbfotos und trat die Heimreise nach Frankfurt an.

Tobias und Linder standen bezüglich des Kontaktaustausches »Buschtrommeln« nicht in Verbindung. Das hatte Lehr vorschnell vermutet. Eine Eigenart von erwachsenen Kindern, die in eine Alkoholikerfamilie hineingeboren wurden? Obwohl beide in unmittelbarer Nachbarschaft wohnten. Mal wieder war Lehr einem Muster aus Kindheits- und Jugendtagen aufgesessen. Er hatte zu viel kombiniert. Das tat ihm gar nicht gut. Besser war es, den Menschen offene Fragen zu stellen. Fragen, die mit »W« beginnen. »Was weißt du …?«, »Woher kennst du …?«, »Wie geht es dir …?«

Noch in derselben Woche, in der der Antwortbrief bei Tobias angekommen war, erhielt er von seinem Mitschüler einen Anruf. Tobias fragte im Anschluss an die Begrüßung gleich: »Wer ist Linder?«

Gestern? Gestern? Ja, gestern hatte Thomas sich nach dem Schreiben alte Fotos angeschaut. Fotos, auf denen er zu sehen war. Er nahm ein Schwarz-Weiß-Foto aus dem Fotoalbum. Darauf war er in Bogenschützenpose zu sehen. Kniend. Bogen und Pfeil im Anschlag, in Seitenansicht. Das Foto wurde auf einem Rastplatz gemacht. Auf einem Rastplatz für Autofahrer. An einer Bundesstraße. Das Foto war quadratisch. 8,5 mal 8,5 cm. Das gab es damals. Er trug eine kurze Lederhose. Das wird die seines Cousins gewesen sein. Seine Eltern hatten ihm nie neue Lederhosen gekauft. Er trug oft gebrauchte Kleidung. Dazu Kniestrümpfe, die korrekt bis obenhin – unterhalb der Kniescheibe – gezogen worden waren. Extra für das Fotoshooting? Auf dem Foto erkannte er Sandalen. Er trug dazu ein Polohemd mit bunten Quer-streifen. Die bunten Streifen wechselten sich mit weißen Streifen ab. Seine Haare waren auf dem Foto kurz. Heißt: Ohren frei. Auf der Rückseite des Fotos ein Stempel: 3. August 1971. Das gab es früher manchmal. Die Abzüge wurden vom Fotolabor gestempelt. Wer das Foto gemacht hatte, konnte er nicht mehr sagen. Seine Mutter? Sein Vater? Seine jüngere Schwester? Denn die drei waren auf weiteren Fotoabzügen zu sehen, die auch den datumsgleichen Stempel tragen. Offenbar war das eine Autofahrt an die Nordsee, um sich einige Zeit zu erholen. So die Rekonstruktion der einzelnen Bilder. Besonders scharf waren sie nicht, diese Fotos. Obwohl die Familien-Fotokamera teuer gewesen war. Eine Agfa. Mit Balg. Einem Zeiss-Objektiv. Einem verstellbaren Sucher. Mit manueller Blenden- und Zeiteinstellung. Allerdings hatte Veronika immer wieder den Mechanismus zerstört, weil sie nicht in der Lage war, den

Balg richtig und vorsichtig einzuklappen. Oft war die Kamera zur teuren Reparatur in einem Fachgeschäft. Lehrs Eltern übernahmen das Auf- und Zuklappen später selbst. Zuklappen war für die Kinder streng verboten. Zudem stellten Lehrs Eltern Zeit und Blende ein. Allerdings besaß die Familie nie einen Belichtungsmesser, der vieles vereinfacht hätte.

Nach Anblick des Fotos hatte Thomas sich gestern wieder daran erinnert: Als Kind besaß er Pfeil und Bogen. Aus der Spielzeugabteilung eines Kaufhauses. Und wenn er sich weiter erinnerte, fiel ihm ein, dass die Pfeile eine Metallspitze hatten. Aus Blech. Damit hätte man jemandem das Auge ausschießen können. Auf dem Foto machte er eine passable Haltung. Kurz vorm Abschuss. Und auch der Blick schien entlang des Pfeils zu gleiten. Kopf, Nacken und Schulterpartie waren entsprechend angespannt.

Der Pfeil wurde bestimmt nicht abgeschossen, denn dann wäre er auf der leeren Straße gelandet. Ob Bogen und Pfeil noch existierten?

Wie sollte er bei einem alkoholkranken Vater und einem alkoholkranken, älteren, entmündigtem Bruder, der heute mit 61 Jahren aufgrund des Korsakow-Syndroms seit 1999 in einem Pflegeheim lebte, ein gesundes Selbstbewusstsein aufbauen können? Als Kind, als Jugendlicher?

Cuxhaven. Ein Foto mit dem Familienauto drauf: Opel Kadett B, Stufenhecklimousine, hellblau, Zweitürer, 1,1 Liter Hubraum, 45 PS, Lenksäule mit integriertem Pralltopf, keine beheizbare Heckscheibe.

Ein weiteres Foto zeigte Vater, Mutter, Schwester. Allesamt am Meer. An der Nordsee. Weit ab vom

Touristenstrom. Dort, wo man keine Kurtaxe zahlte und nicht kontrolliert wurde.

Auf dem Foto, von links nach rechts: Seine Schwester, sein Vater, seine Mutter. Das Foto hatte – der Logik nach – Lehr gemacht. Seine Mutter lag im Vordergrund auf einer Klappliege. Im Badeanzug. Links daneben stand ein Tisch mit Tischdecke. Dahinter links saß seine Schwester, daneben sein Vater. Beide auf einer Box. Hinter den Familienmitgliedern gab es im 90°-Winkel aufgestellte Windabhalter, die teilweise mit Decken versehen waren, damit es nicht so zog. Hinter dieser Freiluft-Ferienstation war das Meer zu sehen. Bis auf die Klappliege und die Decken waren alle Gegenstände Treibgut, das mühsam von seiner Familie gesammelt wurde: Paletten, Holzplatten, ein Vierkantholz.

Marlene und sein Vater trugen Hüte. Seine Mutter ein Kopftuch. Marlenes Haare wurden an der Vorderkante der Kapuze verwirbelt. An ihrer Sitzhaltung erkannte man, dass sie fror. Sie saß auch außen und schützte praktisch den Vater, der in der Ecke saß. Thomas packte der Zorn. Das sah aus wie eine Slum-Behausung.

Damals wurde das alles von elterlicher Seite mit Humor betrachtet. Das Sammeln von Strandgut, um sich – zumindest – vor Wind zu schützen. Fernab der Kurtaxe. Sozialkontakte gab es da nicht.

Heute muss er bitter feststellen: Es wurde gespart an allen Ecken und Enden. Oder war das ganz anders? Man gab nur vor, sparen zu müssen. In Wirklichkeit wollte man den Kontakt und den Informationsaustausch mit Fremden meiden. Außenstehende hätten vielleicht in wenigen Minuten erkannt, um welch kranke Familie es sich handelte.

Wenn er an seinen Vater dachte, spürte er nichts. – Doch, jetzt, beim Schreiben, spürte er: Zorn, Wut, Leere. Und auch das Lachen eines Alkoholkranken schien jetzt plötzlich in seinen Ohren zu klingen. Kennen Sie das? Da schimmert das Saufen durch. Auch wenn jemand schon Jahre lang trocken ist.

Woher kam diese Leere? Woher kam dieses Fremde? Er könnte sich heute nicht familiär fühlen. Wissen Sie, was er meint? Nicht familiär. Die Familie wird oft so hoch gehalten. Das reicht bis in die heutige Zeit. Dabei sagen Wissenschaftler voraus, dass die Lebensformen sich in Zukunft ändern werden. Nein, sie sind bereits auf dem Weg, sich zu ändern. Patchworkfamilien sind wahrscheinlich der Anfang. Wenn er heute Menschen seines Alters begegnete, sie erlebte, die erwachsene Kinder haben, hörte er ausschließlich: »Ich habe einen erwachsenen Sohn, der IT-Spezialist ist.« – »Ich habe eine Tochter, die Managerin in einem bayerischen Großunternehmen ist.« – »Ich habe vier Kinder, die leben nicht mehr bei uns.«

Er hörte nicht: »Ich habe einen 32-jährigen Sohn, der seit Anfang des Jahres wegen eines Drogendelikts im Knast sitzt.« – »Ich habe zwei Töchter, die den Hauptschulabschluss nicht schafften und seit drei Jahren Hartz IV beziehen.« – »Meine Tochter lebt in Indien und bettelt dort auf den Straßen.« – »Mein 38-jähriger Sohn hat ein Verfahren wegen Steuerhinterziehung an der Backe.«

Das hörte er nicht.

Komisch.

Oder?

Wenn er sein Fotoalbum mit den schwarz-weißen Herkunftsfamilienfotos betrachtete, fiel ihm ein, dass das Netzwerken in der alkoholkranken Familie nie gelernt wurde. Seine Stammfamilie war weitgehend mit sich beschäftigt. Und unter sich. Einfachste Lebensregeln wurden nicht vermittelt. Zum Beispiel, dass das Leben Probleme bereithielt, die gelöst werden mussten. Das galt für jede Familie. Und, wie Lehr nun bitter lernen musste, für Familien, in denen der Alkohol von Anfang an zentrales Thema war, verstärkt. Lösungen für Probleme zu finden, waren Teil des menschlichen Zusammenlebens. Privat wie beruflich. Und es gilt, als Heranwachsender, damit umgehen zu lernen. Als Heranwachsender? Das galt für das *komplette* Leben.

Ein weiteres, wichtiges Thema: Geld. Das gesamte Leben kostete Geld. Von der Zeugung bis zum Tod. Seine Eltern sprachen nie über ihr Gehalt. Nicht über ihr Gehalt während des Zweiten Weltkrieges. Nicht über ihr Gehalt während des Waffenstillstandes in Deutschland. Nicht über ihre Pension und Rente nach dem Mauerfall 1989. Durften erwachsene Kinder wissen, was ihre Eltern verdienten? Umgekehrt wollten seine Eltern genau wissen, was Lehr verdiente ... respektive seine Geschwister.

Lehr erfuhr während seiner Kindheit nichts davon, dass Veronika seine Stiefschwester war – erst im Erwachsenenalter. Wussten die Dorfbewohner gar nichts davon?

Die Frauen im Dorf konnten sich bestimmt einen Reim darauf machen, dass Veronika nicht die leibliche Tochter seiner Mutter war. Dorffrauen spürten das. Dorffrauen fragten nach. Dorffrauen waren misstrauisch. Seine Stammfamilie bezog am 1. Juni 1951 die Dienstwohnung in der Schule. Zu dem Zeitpunkt war Veronika drei Jahre alt. Clemens ein Jahr alt. Hatte Thomas' Mutter auch deshalb Abstand von den Dorfbewohnern gehalten? »Du sollst nicht falsch Zeugnis ablegen wider deinen Nächsten.« Das achte Gebot. Als Katholikin hätte seine Mutter ehrlich darauf antworten müssen.

Ich, Lehr, schreibe in mein Tagebuch:

Sonnabend, 10. Juni 1995, 12:57 Uhr, [Rest von Niedersfeld, FeWo].

Bin seit gut einer halben Stunde zurück in Frankfurt/Main. Und darüber bin ich sehr froh!

Trotzdem kotze ich mich im Moment selbst an. Könnte mich ohrfeigen. Ich bin stinksauer! Obwohl doch alles gut für mich gelaufen ist: Es hat mich dort nicht großartig umgehauen, oder doch? Ich habe nur einmal ordentlich geweint. Ich konnte mich entspannen.

Wahrscheinlich werde ich mit einem Grundmuster an Trauer leben müssen, so wie andere mit einem körperlichen Gebrechen leben müssen.

Oder ist das alles nur der Weg? Ohne ein erkennbares Ziel?

Ich müsste doch froh darüber sein, dass ich bei dem heutzutage vorherrschenden, gefährlichen Autoverkehr noch heil nach Hause kam. Und auch in einer gewissen Zeit …

(Bandeintrag)

Noch Freitag. Liege im Bett. 22:20 Uhr. Die Hälfte meines Gepäcks ist verstaut, Teile sind im Auto. Ja, hier brennen jetzt zwei Kerzen. Auf dem anderen Bett – Teelichter auf Porzellan-Untertassen. Aber nicht so, dass es Feuer fängt!

Ich habe vorhin Kum-Nye-Übungen gemacht. Das war sehr gut!

Habe auch die Seitwärtsübung gemacht – und mein Herz mehr gespürt als sonst, allerdings nicht ganz so stark.

Insgesamt war das mit Kum Nye sehr gut. Es hat mir in vielen Situationen geholfen. Und ich hab heute einfach abgegeben. Eigentlich die ganze Woche. Abgegeben, abgegeben, abgegeben. Was nicht meins ist. Menschen, die meditieren, kennen das.

Ich freue mich auf die Rückfahrt. Die Woche war sehr intensiv hier. Ich könnte fast sagen: turbomäßig. Für meinen Kopf. Wobei ich mich zeitweise als Urlauber fühlte. Also vorstellen kann ich mir für die Zukunft, für mein Dasein, in dieser Form zu leben: reisen, recherchieren, entspannen, schreiben, filmen, fotografieren.

Es regnet draußen. Und vorhin hörte ich kurz Musik, die vom Dorf herüberhallte. Es gab hier Stunden in dem Haus, da habe ich gar nicht mehr daran gedacht, in meinem Geburtsort zu sein. Und ich denke mir: Das ist sehr positiv.

Ich verlasse morgen dieses Dorf mit, tja, wie heißt das Wort? Mit »Loslassen«, einfach. Also ich werde es mit anderen Augen sehen, werde es anders (für mich gesünder) fühlen und vielleicht komme ich ganz gern noch mal hierher zurück. Ohne Angst oder Vorbehalte zu haben.

Spontanes Dia: Fräulein Vormstein, die sich oft mit einem Taxi befördern ließ, wenn sie Termine außer Haus hatte. Spezielles Dia: das Schützenfest am Dorfrand (ich weiß nicht mehr genau, wo das war, jedenfalls im Wald - also das Vogelschießen; sie ließ sich mit dem Taxi hinbringen und wurde vom Taxi abgeholt.)

Und sie musste nachmittags zurück oder wollte zurück und bestellte dann ein Taxi. Meine Mutter hat sich jedes Mal darüber aufgeregt: Eine Volksschullehrerin, die teure Taxifahrten unternimmt.

Ein anderes Dia, was mir dann viel intensiver in die Seele kam, war das Klappern der Naturschieferplatten sowohl auf dem großen Schuldach als auch an der Fassade des ersten Stockwerks. Das geschah, wenn ein sehr starker Wind ums Haus pfiff. Und dieses durchdringende Klappergeräusch war heute wieder angstbesetzt.

Ein diffuses, angstvolles Gefühl, wie Kälte. Verlassenheit. Isolation. In diesem Bunker der Leere: der alten Niedersfelder Dorfschule.

Zehn vor fünf. Samstag. Rückreisetag. Sitze am Panoramafenster. Träumte sehr unruhig. Erneut diffuse Dias, speziell von der Schule. Nicht von der Institution Schule, sondern von dem Wohnhaus Schule. Meinem Geburtshaus. Bei mir selbst *eine Anspannung zwischen Gehaltenwerden, also wie der Magnet, die Schule als Magnet und einem Loslassen-Wollen, oder -Müssen, das heißt die Erkenntnis, dass ich nicht leben kann, nicht gesund leben kann, wenn ich diese Schule nicht loslasse. Diese Auseinandersetzung wird auch unterstützt durch Kum Nye. So meine Erfahrung mit den Übungen.*

Ich schlief unruhig bis jetzt. Der Wecker steht auf 7:30 Uhr – Weckzeit. Und ich kann nicht sagen, ob ich jetzt gerädert bin oder frustriert, weil ich nicht ausgeruht bin. Es ist mein Wunsch, Musik zu hören. Das mache ich jetzt.

Nachtrag, direkt: Die Woche war sehr intensiv. Was den Durchlauf betraf und für meine erste Etappe der direkten Aufarbeitung. Das heißt lang genug. 14 Tage am Stück wären zu massiv gewesen. Da bin ich sicher. Das heißt diese Aufarbeitung muss ich dosieren. Gefühl, dass die Dias, die ich fixierte, textlich nachgearbeitet werden sollten. Komische Formulierung. Ich sag's einfach: Ich brauche Abstand, sprich Abreise. Andere Tätigkeiten, um zunächst einmal die Menge und die Intensität der Dias mit Distanz zu sehen und entsprechend zu sortieren.

Spüre Anflug von Erkältung, die jedoch nicht auf infektiöse Ursachen zurückzuführen ist, sondern auf die seelische Belastung. So wie ich mich kenne.

Gefühl: Muss mich verausgaben, um mich zu retten.

Direkter Zusammenhang zur Stützung der Gefühle meines Vaters oder meiner Mutter. Hatte ich in anderen Variationen erwähnt. Große Belastung der Gefühle für mich als Kind. Stichwort: Der Vater ist auf dem Weg zum Tod, du musst ihn retten. Dadurch extreme Belastung, die ich nicht tragen konnte. Dia heute: Eventuell war meine eigene emotionale Bindung zu diesem Gefühl zu groß. Ich powere mich aus, um – ja – mich zu retten. Ja, so, irgendwie, eine Linie reinzukriegen, in mein Leben.

Mögliche Lösung oder auch Teillösung während der Zeit des Hierseins: Meditation, Entspannung, Loslassen, einfach loszulassen. Und schreiben!

Dies kann ein Weg sein: Durch Loslassen Energiegewinnung, Kraftschöpfung. Und neue Zielausrichtung, beziehungsweise Lebensmöglichkeit. Freue mich auf die Rückfahrt nach Frankfurt.

So. 5:20 Uhr. Bin aufgestanden und sitze mit Blick aufs Dorf am Fenster. Bin hellwach. Man könnte auch sagen, überdreht. Höre weiterhin Musik und lasse geschehen. Mir wird immer klarer, dass die eigene Wahrnehmung der Welt sehr stark von der Prägung der Eltern abhängt. Trotzdem ist es durch Meditation und andere Techniken möglich, die Wahrnehmung zu erweitern.

Vor mir brennt jetzt am Fenster eine Kerze. Dort meditiere ich hinein.

Das Dia von meiner Probefahrt mit dem Fahrrad – 28-Zoll-Räder –, nachdem ich den neuen Quelle-Tachometer montiert hatte. Der kam per Post. Ein runder Tachometer, büchsenförmig, weiß, außen mit geriffeltem Plastik verklebt. Das Schauglas mit einem Chromring verziert. Zur Optik und als Schutz. Sah schick aus. Ich glaube, der ging bis 60. Ich hab mich so über den Tachometer gefreut und war außer Rand und Band, als er dann per Paket kam, dass ich ihn unmittelbar an mein Rad montierte. Der Tacho hatte einen Radantrieb, der verkapselt war. Es gab geschlossene Tachometerantriebe. Später gab es die offenen, wo man das kleine Zahnrad sah und die große, schrägverzahnte Antriebsscheibe. Die geschlossenen liefen in Fett, die anderen waren nur leicht gefettet. Nicht abgedeckt. Die verkapselten gefielen mir besser, da konnten sich nämlich keine Grashalme oder Steinchen verfangen und den Antrieb außer Betrieb setzen. Zudem schützte die Kapsel vor Verschmutzung.

Meine euphorische Heißblütigkeit mündete in eine Probefahrt die Winterberger Straße hinunter, die oft stark befahren war. Es musste diese spezielle abschüssige Straße sein, denn ich wollte

176

gleich schauen, ob es mir gelingen würde, mit dem Rad 60 Kilometer pro Stunde schnell zu sein. Der neue Tachometer wäre mein Zeuge.

Nach circa 200 Metern legte ich mich auf die Schnauze. Zur Montage der Antriebsspirale des Tachometers, musste ich den Dynamo versetzen. Dazu hatte ich ihn an den Schrauben gelockert und danach vergessen, sie wieder festzuschrauben.

Der Generator war durch die Fahrerschütterung auf dem Vorderradgabelholm nach unten gerutscht und der Aufprall am Ende hatte die Mechanik ausgelöst. Die Spannfeder zog das Dynamoritzel in die Speichen.

Ich war so fixiert auf die Tachonadel und das Treten der Pedale, dass ich nicht merkte, was der Dynamo machte.

Ich war über den Lenker geflogen, hatte mir an Händen, Armen, Beinen die Haut abgeschürft. Es blutete.

Der nagelneue Tachometer hatte eine Beule abgekriegt. Oben, am Chromring. Das Schauglas hatte Kratzer. Gleich dachte ich: ›Der ist bestimmt ganz kaputt!‹

Ich zog den Dynamo aus den Speichen. Er rastete ein. Dann drehte ich das Vorderrad: Die Tachonadel zeigte ohne Zittern die Geschwindigkeit an.

Ich war sehr traurig, dass dieser neue Tachometer demoliert war. Noch nicht mal ein Kilometer damit gefahren und schon defekt. Durch eigene Dummheit.

Jetzt war der Tachometer schnell gealtert. Deshalb wollte ich ihn nicht mehr haben. Ich könnte ihn so auch nicht meinen Schulkameraden zeigen. Neuer Tachometer?! Und schon lädiert?

Und fühlte mich natürlich in den Tagen danach immer an diesen Sturz erinnert. Auch durch die Wunden, blauen Flecken.

Der Tachometer hatte für mich einen höheren Stellenwert als meine Gesundheit: die blutigen Risse in der Hand.

Ich schob das Rad nach Hause, stellte es ab, schraubte den Dynamo fest.

Wie sehr wünschte ich mir in diesem Moment, dass der Briefträger noch einmal mit einem Päckchen käme, in dem ein neuer, weißer Tachometer liegen würde.

Diawechsel. Einige Kinder hatten Eispinnchen aus Holz mit Einmachgummis an den Vorderradgabeln ihrer Fahrräder befestigt. Und wenn man dann fuhr, machte das Geräusche. Diese dünnen Holzplättchen flatterten beim Fahren über die Speichen. Hat so'n bisschen was von Glücksrad. Jede Speiche 'n Hunderter oder so. Man durfte aber nur vorwärts fahren.

Sobald man das Rad rückwärts schob, konnte es passieren, dass das Eispinnchen abbrach oder sich verkeilte. Das war wichtig: Wenn man so ein Plättchen an der Gabel montiert hatte, dass man nur vorwärts fuhr.

Diawechsel. Die rot-weiß-karierten, langärmeligen Flanellhemden, die ich sehr gerne beim Radfahren trug. Die habe ich dazu am liebsten angezogen, weil sie bei schneller Fahrt auf dem Rücken und an den Armen anfingen zu flattern, und mir ein Gefühl von rauschhafter Geschwindigkeit vermittelt wurde, wenn der Wind mich am Hemd »packte« und er auf dem Weg bergab an den Ohren vorbeisauste. Zum Beispiel die Strecke von der Hochheide runter. Das war steil. Dort konnte man mit dem Rad 50 km/h erreichen.

Dia: Mutter hatte Pilze in den umliegenden Wäldern Niedersfelds gesammelt. Manchmal waren wir dabei.

Sie war sich aber nicht ganz sicher, ob sie genießbar seien. Ich hatte Angst, sie zu essen. Und Mutter hatte vor – um sich selbst abzusichern – den Dorfpostboten zu fragen. Der kannte sich mit Pilzen aus – so hieß es im Dorf. Er wurde allerdings auch von unserem Rauhaardackel Lassie gebissen.

Es ging um Hallimasch-Pilze. Um Pfifferlinge, Champignons, Steinpilze, andere.

Und dieser Postbote hat dann ein paar aussortiert und gesagt: »Diese sind genießbar – die anderen nicht!« Mutter hat dann die *ungiftigen zubereitet, aber ich habe trotzdem keine gegessen. Ich hatte Angst. Ich habe ihr nicht vertraut und diesem Postboten auch nicht. Mutter selbst hat sie gegessen. Marlene auch. Mein Vater war im Krankenhaus.*

Mein innerer Konflikt. Mutter als Autorität, als die Kennerin von Pilzen (mithilfe des Postboten) – da dachte ich damals schon: Wenn die erst einen Postboten hinzuziehen muss ... der kennt sich eher mit Briefzustellungen aus ... mit Pilzen doch nicht. Und, der Postbote wurde von Lassie gebissen. Der Briefträger könnte sich an uns rächen und giftige Pilze im Korb lassen.

Lassie hat diesen Postboten am Anfang ihrer Zeit bei uns stark angekläfft. Ich glaube, später hat sie das nicht mehr gemacht. Dann waren sich beide vertraut. Und Veronika hat sich von Lassie küssen und ablecken lassen. Meistens morgens. Dann kam die Hündin in ihr Zimmer, ging auf ihr Bett zu und schleckte erstmal in ihrem Gesicht herum. Meine Mutter fand das immer widerlich – ich auch – und warnte außerdem vor übertragbaren Bakterien. Würmern. Ich hatte keinen intensiven Bezug zu dem Vierbeiner, der meinem Bruder Clemens gehörte.

Wir haben Lassie mal tagsüber allein zu Hause lassen müssen – weil wir irgendwo zu Besuch waren. Und als wir zurückkamen, hat sich meine Mutter fürchterlich aufgeregt, dass sie ihr Geschäft auf dem Korridorteppich verrichtet hatte. Da lagen Häufchen, waren nasse Flecken. An verschiedenen Stellen. Es gab auch kleine, dunkle, nun angetrocknete »Inselchen« im Teppich.

Mutter hatte sich immer stark gegen die Hündin gestellt. Sie sagte: »Ich habe bereits genug Arbeit; zusätzlich eine Hündin im Haus!«

Deshalb und weil Clemens längere Zeit im Krankenhaus war, wurde Lassie an die alten Eigentümer zurückgegeben - einer Försterfamilie im Orketal.

Apropos Tiere, da kommt noch die Goldhamster-Ära dazu. Das war hier in Niedersfeld. Marlene wollte einen Hamster, und ich wollte auch einen Hamster haben. Clemens wollte einen Hamster haben. Irgendwann hatte jeder von uns einen Hamster. Die Käfige und Terrarien standen übrigens im Wintergarten der Dienstwohnung. Diese schönen, pausbackigen, kleinen Goldhamsterchen, die über Tag und Nacht verteilt in ihrem Rad liefen; den Torf umwühlten. Sich immer freuten, wenn es frischen Torf gab. Ich erinnere mich an diesen stechenden, beißenden Uringeruch. Dann wurde es Zeit, den Torf auszutauschen. Der dann schon so trocken war und gar nicht mehr nach Natur roch, sondern nach moderigem Abfall.

Ja, die Hamster waren beglückt, wenn es frischen Torf gab. Da haben sie mit ihren Nasen rumgestupst und sich die Backen vollgestopft.

Irgendwann wurden Junge geboren. Neun winzige, nackte Hamsterchen. Wir haben uns riesig über die kleinen Jungen gefreut; mussten aber nach einigen Tagen feststellen, dass das Muttertier seine Jungen selbst fraß, statt sie großzuziehen. Überlebt hat kein Tier. Und wir waren alle sehr enttäuscht über diesen Kannibalismus. Dass der Goldhamster seine Jungen frisst, die in den ersten Tagen nicht einmal sehen können, ist grausam. Die übriggelassenen kannibalischen Reste der Jungtiere mussten wir wegwerfen.

Dann gibt es – fällt mir gerade ein, weil ich drei weiße Vögel übers Dorf fliegen sehe – das Dia von den Schwalbennestern unter dem Schuldach-Vorsprung. Die Schwalbennester. Die waren schön. Die sind sehr kunstvoll gebaut. Es gab mehrere davon.

6:50 Uhr. Sitze geduscht, rasiert, erfrischt am gedeckten Frühstückstisch: Haferflocken mit Cornflakes, Milch und Streuseln, Quark mit Kiwi, Caro-Kaffee mit Milch und Honig. Vor mir brennt eine Kerze und ich bin fit. Freue mich auf die Rückfahrt. Ich hab das schon mal erwähnt und weiß jetzt bereits, dass ich am Nachmittag das, was ich hier spreche, noch schreiben werde. Als Abschlusstext.

Dia vor der Abreise um 8:56 Uhr. Bin noch im Haus. Mutters Fön, oder unser Fön in N-Feld von Krups, soweit ich mich erinnere, in der Farbkombination weiß-hellblau; mit zwei Druckknöpfen. Rot und weiß. Weiß: Kaltluft. Zugeschaltet rot: Heißluft. Mutter hat häufiger den Föhn unter der Bettdecke benutzt, weil ihr im Winter kalt war. Währenddem hat er viele Flusen angesaugt und ist deshalb verreckt. 09:33 Uhr.

Habe gerade das Dorf verlassen. Bin noch mal in einer Grundtrauer, die ich später vielleicht noch etwas näher beschreiben kann. Freue mich auf die Fahrt und das Ankommen.

Hinterm Kahlen Asten. Wäre gern schon zu Hause. Werde mich jetzt auf das reine Fahren konzentrieren, möglichst ohne dabei nervös zu werden. Stelle mehr und mehr fest, dass mich das Autofahren aufregt. Und Energie kostet.

Nieselregen, … seit der Abfahrt.

Ich will jetzt sofort zu Hause sein!

09:54 Uhr

Ich mag diese Touristenorte während der Nebensaison. Sie waren nicht so überlaufen – von konsumsüchtigen Touristen.

Außerdem strahlten sie mehr Ruhe aus.

Mir fällt noch zu N-Feld ein, dass vielleicht mein Vater derjenige war, der - zu seinen »Gesundzeiten« - nicht aus dem Dorf wegwollte, wegen der Grewen. Möglich, ich weiß es nicht. So, das war's erstmal. (Ende Bandeintrag).14:49 Uhr.

Bemerkenswert ist noch, dass ich heute Morgen zwar mit Vorfreude ankündigte, dass ich all das schreiben werde, direkt nach der Ankunft, jedoch leer war und frustriert, wieder an diesem Ort, Frankfurt/Main, zu weilen, mit all seinen Schwierigkeiten, Unordnungen, Menschen …

Ein Gefühl, im Übrigen, was ich bei mir schon kenne: Erst freue ich mich heißhungrig auf die Rückkehr, kann es kaum erwarten und bin ich dann zurück, fällt erstmal die Klappe: diese Wohnung, diese Straße, diese Nachbarn.

Was wichtiger ist: Ich kündigte am Morgen das Schreiben an, vergaß aber durch meine depressive Stimmung, die mich hier einholte, mir ein gutes Gefühl durch eben dieses Schreiben zu verschaffen. Das ist doch komisch: ganz bewusst und mit einem sehr guten Gefühl, »eichte« ich mich heute Morgen aufs Schreiben (auch deshalb, weil erst dann für mich dieser »Urlaub« zufriedenstellend wird; ähnlich wie die Spanientour, die erst schlüssig war, nachdem ich meine Story dazu geschrieben hatte ...), blendete es aber aus – bewusst oder unbewusst? Keine Ahnung, und fand rational den Kanal nicht. Erinnerte mich auch nicht an mein Versprechen von heute Morgen.

Ist das nicht alles merkwürdig? Des Merkens würdig! In mir diese enorme Anspannung, ja sogar eine für mich unerklärbare Aggressivität, die jeden, der hier in meiner Nähe gewesen wäre, in Schwingung versetzt hätte! Und ich hätte ihm nicht einmal erklären können, was in mir vorgeht ...!

Die anwesende Person hätte Seiten von mir erlebt, die sie hätte schier verzweifeln lassen ... und mich letztlich ebenso. Mir hätte es leidgetan ... und ich hätte es nicht einmal erklären können oder hätte mich darin verstrickt ...

Ich habe eine mögliche Erklärung:

Als Resümee dieses Aufenthalts im Dorf bleibt eins bei mir haften: Ich brauche Raum und brauche Zeit (einfach meine Zeit), in der ich genau das tun kann: schreiben. Eben mein »Ding«. Das ist es, was mich in die (meine) Lebensspur bringt. Raum. Dann werde ich zufriedener und ausgeglichener. Gerade auch im Umgang mit mir selbst.

Welch wahre und unverblümte Selbsterkenntnis!

So, das reicht erstmal. Unten steht S. 7. Eben langt's. Habe mich vorhin noch entschieden, sämtliche Niedersfeld-Texte auf meiner Home-Station zu speichern und sie auszudrucken. Bin gespannt, was ich Neues an mir entdecke. Beim Lesen.

Niemand weiß, was er kann, wenn er es nicht versucht. 15:14 Uhr.

Am Samstag, 2. Juli 2011, reiste Thomas Lehr mit seinem PKW zu einer Verabredung nach Niedersfeld. Um 10:48 Uhr klingelte er an Bärbels Haus. Bärbel, seine Sägemehlkasten-Freundin aus Kindertagen. Sie hatten 42 Jahre lang keinen Kontakt gehabt. Der Türmechanismus summte. Thomas drückte die Tür auf. Bärbel kam ihm entgegen. Die Treppe hinunter. Sie umarmten sich herzlich und weinten.

Das Dorf, die Bewohner und seine gelebte Vergangenheit machten Thomas keine Angst mehr.

Personen der Zeitgeschichte

Adolf Hitler (NSDAP)
Reichskanzler Deutschland 1933 – 1945

Walter Ulbricht (SED)
Staatsratsvorsitzender der
Deutschen Demokratischen Republik 1960 – 1973

Bundeskanzler/in der Bundesrepublik Deutschland:

Konrad Adenauer (CDU) 1949 – 1963

Ludwig Erhard (CDU) 1963 – 1966

Kurt Georg Kiesinger (CDU) 1969 – 1974

Willy Brandt (SPD) 1969 – 1974

Walter Scheel (FDP) 7.5. – 16.5.1974

Helmut Schmidt (SPD) 1974 – 1982

Helmut Kohl (CDU) 1982 – 1998

Gerhard Schröder (SPD) 1998 – 2005

Angela Merkel (CDU) 2005 -

Publikationen
(sofern nicht extra erwähnt, sind sämtliche Printbücher auch als E-Book verfügbar)

Beichtgang
Fiktive Autobiografie eines katholischen Hauptlehrersohns

Beichtgang
Fiktive Autobiografie eines katholischen Hauptlehrersohns
Hörbuch – vom Autor gelesen

The Confession
Fictitious autobiography of a Catholic main teacher's son

Kreatives Marketing für Künstler
366 Tagestexte

Kussweilig
Traumbriefe – Aphorismen – Gedichte

Schrittweiß
Erzählung

Personalberatung Team Verreckt – Arbeitskabarett
87 DVD-Folgen

26 Schwarz-Weiß- und Farbpostkarten
aus den Bereichen Witz, Satire und Ästhetik

Links

Web-Seite Künstler
www.muell-zeit-lose.de

BoD-BuchShop
https://www.bod.de/buchshop/catalogsearch/result/index/?q=Christian+Bedor
&cont_id=5073

Mediathek-Hessen
https://www.mediathek-
hessen.de/index.php?ka=1&ska=suche&suchwort=Christian+
Bedor

Amazon-Autorenseite
https://www.amazon.de/Christian-Bedor/e/B005BXY0AC

Youtube – Entertainment-Tombola Müllzeit-Lose
https://www.youtube.com/watch?v=wN8agRv_r8A

Vita

Christian Bedor ist Buch-Autor, Postkarten-Künstler, Müllzeit-Los-Croupier, Arbeitskabarettist und Videokünstler. Studienabschluss M. A. | Filmwissenschaften, Neuere Philologien, Mediensoziologie. Beteiligungen: Kurzgeschichten, satirische Fragmente für die Kabarett-Bühne sowie Fotos und Texte für die Mail-Art-Projekte UNI/VERS(;) (Hrsg.: Guillermo Deisler , Halle/Saale) und DIE SPINNE (Hrsg.: Dirk Fröhlich, Dresden). Besonderer Dank gilt an dieser Stelle Joseph W. Huber, edition Karte'll, Berlin. Ende der 1980er Jahre entstanden Foto- und Text-Motive für s/w-Postkarten. Später folgten Farbpostkarten zu den Bereichen Witz, Satire und Ästhetik. Parallel dazu entwickelte Christian Bedor die Entertainment-Tombola Müll-Zeit-Lose. Unzählige Menschen zogen in den vergangenen Jahren an seiner roten Bauchladenmülltonne Lose und gewannen seine Kunstprodukte: Filme, Bücher, Postkarten. Auf diversen Video-Portalen im Internet z. B. www.mediathek-hessen.de finden sich seine satirischen Klipse Personalberatung Team Verreckt, PTV – Arbeitskabarett. Darüber hinaus sendet ALEX-TV, Berlin, seit 2010 monatlich PTV-Filme. 1,64 Millionen Haushalte empfangen ALEX-TV per Kabel; zudem gibt es einen Livestream.